SAMSON,

TRAGÉDIE LYRIQUE.

A PARIS, RUE S. JACQUES.

Chez P. G. LE MERCIER, Imprimeur-Libraire, au Livre d'or.
M. LAMBERT, Libraire.

M. D. CC. L.

PRÉFACE.

CEtte Tragédie lyrique qu'on donne au Public, avoit été mise en musique il y a quelques années par un homme reconnu pour un des plus habiles musiciens de l'Europe. On publia le poëme dénué de son plus grand charme, & on le donna seulement comme une esquisse d'un genre un peu différent du genre ordinaire; c'est la seule excuse peut-être de l'impression d'un ouvrage fait plutôt pour être chanté que pour être lû; les noms de Vénus & d'Adonis trouvent dans cette Tragédie une place plus naturelle qu'on ne croiroit d'abord; c'est en effet sur leurs terres que l'action se passe. Cicéron, dans son excellent livre de la Nature des Dieux, *dit que la déesse Astarté, révérée des Syriens, étoit Vénus même, & qu'elle épousa Adonis. On sçait de plus qu'on célébroit la fête d'Adonis chez les Philistins; ainsi ce qui seroit ailleurs un mélange absurde du profane & du sacré se place ici de soi-même. Le célébre Metastasio a composé quelques Opera dans ce goût pour l'empereur Charles VI. & pour son auguste famille: on a donné aussi beaucoup de ces spectacles à Rome, de qui on tient tant de leçons dans tous les arts, & dans tout ce qui peut servir de régle & d'ornement à la vie civile.*

ACTEURS..

SAMSON.

DALILA.

LE ROY DES PHILISTINS.

LE GRAND-PRESTRE.

LES CHŒURS.

SAMSON,

SAMSON,

TRAGÉDIE LYRIQUE.

ACTE PREMIER.

SCENE PREMIERE.

Le Théâtre représente une campagne. Les Israëlites couchés sur le bord du fleuve Adonis déplorent leur captivité.

DEUX CORIPHE'ES.

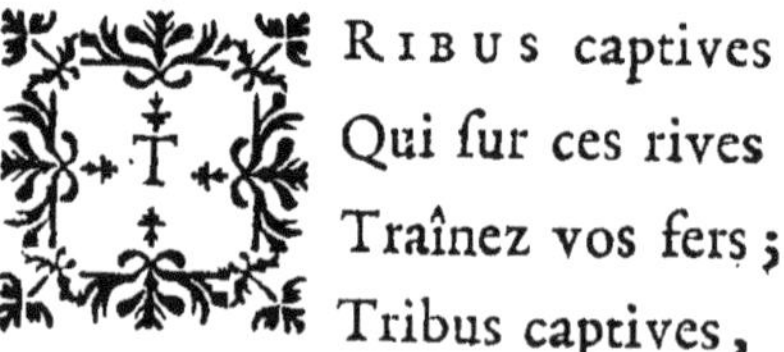

RIBUS captives,
Qui sur ces rives
Traînez vos fers ;
Tribus captives,
De qui les voix plaintives
Font retentir les airs,
Espérez dans le Dieu qui régit l'Univers.

CHŒUR.

Eſpérons dans le Dieu qui régit l'Univers.

PREMIER CORIPHE'E.

Nous ſommes innocens, & depuis trente hivers
Nous ſervons un peuple coupable ;
Et du haut de ſon trône un maître impitoyable
Inſulte à nos tourmens ſoufferts.

CHŒUR.

Eſpérons dans le Dieu qui régit l'Univers.

SECOND CORIPHE'E.

Race malheureuſe & divine !
Triſtes Hébreux ! frémiſſez tous.
Voici le jour affreux, qu'un Roi puiſſant deſtine
A placer ſes Dieux parmi nous ;
Des Prêtres menſongers, pleins de zèle & de rage,
Vont vous forcer à plier les genoux
Devant les Dieux de ce climat ſauvage ;
Enfans du Ciel que ferez-vous ?

CHŒUR.

Nous bravons leur couroux,
Le Seigneur ſeul a notre hommage.

UN CORIPHE'E.

Tant de fidélité ſera chere à ſes yeux.
Deſcendez du trône des Cieux,

Fille de la Clémence,
Douce Espérance,
Tresor des malheureux,
Venez tromper nos maux, venez remplir nos vœux :
Descendez douce espérance.

SCENE II.

LES PRESTRES DES IDOLES *dans l'enfoncement, autour d'un autel couvert de leurs Dieux. Acteurs précédens.*

SECOND CORIPHE'E.

AH ! déja je les vois, ces Pontifes cruels,
Qui d'une idole horrible entourent les autels.

UN HE'BREU.

Ne souillons point nos yeux de ces vains Sacrifices,
Fuyons ces monstres adorés ;
De leurs Prêtres sanglans ne soyons point complices

CHŒUR.

Fuyons, éloignons-nous.

LE GRAND-PRESTRE DES IDOLES.

Esclaves, demeurez ;

Demeurez, votre Roi par ma voix vous l'ordonne;
D'un pouvoir inconnu, lâches adorateurs,
Oubliez-le à jamais lorsqu'il vous abandonne;
Adorez les Dieux ses Vainqueurs.
Vous rampez dans nos fers, ainsi que vos ancêtres;
Mutins, toujours vaincus, & toujours insolens,
Obéissez, il en est tems;
Connaissez les Dieux de vos maîtres.

CHŒUR.

Tombe plutôt sur nous la vengeance du Ciel,
Plutôt l'enfer nous engloutisse;
Périsse, périsse
Ce temple & cet autel.

LE PRESTRE DES IDOLES.

Rebut des Nations, vous déclarez la guerre
Aux Dieux, aux Pontifes, aux Rois.

CHŒUR.

Nous méprisons vos Dieux, & nous craignons les loix
Du maître de la terre.

SCENE III.

SAMSON entre couvert de la peau d'un Lion.

Les Personnages de la Scène précédente.

SAMSON.

Quel spectacle d'horreur ?
Quoi ! ces fiers enfans de l'erreur
Ont porté parmi vous ces monstres qu'ils adorent !
Dieu des combats, regarde en ta fureur
Les indignes rivaux que nos tirans implorent,
Soutiens mon zèle, inspire-moi,
Venge ta cause, venge-toi !

LES GRANDS-PRESTRES DES IDOLES.

Profane ! impie ! arrête !

SAMSON.

Lâches, dérobez votre tête
A mon juste couroux ;
Pleurez vos Dieux, craignez pour vous ;
Tombez, Dieux ennemis, soyez réduits en poudre !
Vous ne méritez pas

Que le Dieu des combats
Arme le Ciel vengeur, & lance ici ſa foudre;
Il ſuffit de mon bras.
Tombez, Dieux ennemis, ſoyez réduits en poudre!
Il renverſe les idoles & l'autel.

LES GRANDS-PRESTRES.

Le Ciel ne punit point ce ſacrilége effort!
Courons tous, vengeons ſa querelle,
Allons préparer la mort
De ce peuple rebelle.

SCENE IV.

SAMSON, LES ISRAELITES.

SAMSON.

Vos eſprits étonnés ſont encor incertains,
Redoutez-vous ces Dieux renverſés par mes mains?

CHŒUR DES ISRAELITES.

Mais qui nous défendra du couroux effroyable
D'un Roi, le tiran des Hébreux?

SAMSON.

Le Dieu, dont la main favorable
A conduit ce bras belliqueux,
Ne craint point de ces Rois la grandeur périſſable.

Faibles tribus demandez ſon appui,
Il vous armera du tonnerre;
Vous ſerez redoutés du reſte de la terre,
Si vous ne redoutez que lui.

CHŒUR.

Mais nous ſommes, hélas! ſans armes, ſans défenſe.

SAMSON.

Vous m'avez, c'eſt aſſez; tous vos maux vont finir.
Dieu m'a prêté ſa force, ſa puiſſance;
Le fer eſt inutile au bras qu'il veut choiſir.
En domptant les lions, j'appris à vous ſervir;
Leur dépouille ſanglante eſt le noble préſage
Des coups dont je ferai périr
Les tirans qui ſont leur image.

✿

Peuple éveille-toi, romps tes fers,
Remonte à ta grandeur premiere,
Comme un jour, Dieu du haut des airs
Rappellera les morts à la lumiere,
Du ſein de la pouſſiere,
Et ranimera l'Univers.
Peuple éveille-toi, romps tes fers,
La liberté t'appelle,
Tu nâquis pour elle,
Reprens tes concerts.
Peuple éveille-toi, romps tes fers.

UN PERSONNAGE DU CHŒUR.

L'hyver détruit les fleurs & la verdure ;
Mais du flambeau du jour, la féconde clarté
Ranime la nature
Et lui rend ſa beauté ;
L'affreux eſclavage
Flêtrit le courage ;
Mais la liberté
Releve ſa grandeur & nourrit ſa fierté.
Liberté, liberté.

Le Chœur répete.

L'affreux eſclavage, &c.

Fin du premier Acte.

ACTE II.

SCENE PREMIERE.

Le Théâtre repréſente le Périſtile du Palais du Roi : on voit, à travers les colonnes, des forêts & des collines dans le fond de la perſpective ; le Roi eſt ſur ſon trône entouré de toute ſa Cour, habillée à l'Orientale.

LE ROI.

AINSI ce peuple eſclave, oubliant ſon devoir,
Contre ſon Roi leve un front indocile !
Du ſein de la pouſſiere il brave mon pouvoir.
Sur quel roſeau fragile
A-t-il mis ſon eſpoir ?

UN PHILISTIN.

Un impoſteur, un vil eſclave,
Samſon les ſéduit & vous brave ;
On dit qu'il eſt armé du ſecours des enfers.

LE ROI.

L'insolent vit encor ! Allez, qu'on le saisisse ;
Préparez tout pour son supplice.
Courez, soldats, chargez de fers
Des coupables Hébreux la troupe vagabonde ;
Ils sont les ennemis & le rebut du monde,
Et détestés partout, détestent l'Univers.

CHŒUR DES PHILISTINS *derriere le Théâtre.*

Fuyons la mort, échapons au carnage,
Les enfers secondent sa rage.

LE ROI.

J'entens encor les cris de ces peuples mutins ;
De leur chef odieux va-t-on punir l'audace ?

UN PHILISTIN *entrant sur le Théâtre.*

Il est vainqueur, il nous menace ;
Il commande aux destins,
Il ressemble au Dieu de la guerre,
La mort est dans ses mains,
Vos soldats renversés ensanglantent la terre,
Le peuple fuit devant ses pas.

LE ROI.

Que dites-vous ? Un seul homme, un barbare,
Fait fuir mes indignes soldats !
Quel démon pour lui se déclare ?

SCENE II.

LE ROI, *les Philiſtins autour de lui* : SAMSON, *ſuivi des Hébreux, portant d'une main une maſſue, & de l'autre une branche d'Olivier.*

SAMSON.

ROi, Prêtres ennemis, que mon Dieu fait trembler,
Voyez ce ſigne heureux de la Paix bienfaiſante
Dans cette main ſanglante
Qui peut vous immoler.

CHŒUR DES PHILISTINS.

Quel mortel orgueilleux peut tenir ce langage ?
Contre un Roi ſi puiſſant quel bras peut s'élever ?

LE ROI.

Si vous êtes un Dieu, je vous dois mon hommage ;
Si vous êtes un homme, oſez-vous me braver ?

SAMSON.

Je ne ſuis qu'un mortel ; mais le Dieu de la terre
Qui commande aux Rois,
Qui ſoufle à ſon choix

Et la mort & la guerre,
Qui vous tient ſous ſes loix,
Qui lance le tonnerre,
Vous parle par ma voix.

LE ROI.

Eh bien, quel eſt ce Dieu? parlez? quel témoignage
A mes yeux en préſentez-vous?

SAMSON.

Vos ſoldats mourans ſous mes coups,
La crainte où je vous vois, mes exploits, mon courage.
Au nom de ma patrie, au nom de l'Eternel,
Reſpectez déſormais les enfans d'Iſraël
Et finiſſez leur eſclavage.

LE ROI.

Moi? qu'au ſang Philiſtin je faſſe un tel outrage!
Moi? mettre en liberté ces peuples odieux!
Votre Dieu ſeroit-il plus puiſſant que mes Dieux?

SAMSON.

Vous allez l'éprouver; voyez ſi la nature
Reconnaît ſes commandemens.
Marbres, obéiſſez; que l'onde la plus pure
Sorte de ces rochers & retombe en torrens.

On voit des fontaines jaillir dans l'enfoncement.

CHŒUR.

Ciel, ô Ciel ! à ſa voix on voit jaillir cette onde
Des marbres amollis !
Les élémens lui ſont ſoumis :
Eſt-il le Souverain du monde ?

LE ROI.

N'importe, quel qu'il ſoit, je ne peux m'avilir
A recevoir des loix de qui me doit ſervir.

SAMSON.

Eh bien, vous avez vû quelle étoit ſa puiſſance,
Connaiſſez quelle eſt ſa vengeance ;
Deſcendez feu des Cieux, ravagez ces climats,
Que la foudre tombe en éclats,
De ces fertiles champs détruiſez l'eſpérance.
Brûlez moiſſons, ſéchez guérêts ;
Embraſez-vous vaſtes forêts.

Tout le Théâtre paraît embraſé.

Au Roi.

Connaiſſez quelle eſt ſa vengeance.

CHŒUR.

Brûlante flamme, affreux tonnerre,
Terribles coups,
Ciel, ô Ciel ! ſommes-nous
Au jour où doit périr la terre ?

LE ROI.

Suſpens, ſuſpens cette rigueur,
Miniſtre impérieux d'un Dieu plein de fureur,
Je commence à reconnaître
Le pouvoir dangereux de ton ſuperbe Maître ;
Mes Dieux long-tems vainqueurs commencent à céder.
C'eſt à leur voix à me réſoudre.

SAMSON.

C'eſt à la ſienne à commander.
Il nous avoit punis, il m'arme de ſa foudre.
A tes Dieux infernaux va porter ton effroi.
Pour la derniere fois peut-être tu contemples
Et ton trône & leurs temples.
Tremble pour eux & pour toi.

SCENE III.

SAMSON, CHŒUR DES ISRAELITES.

SAMSON.

Vous que le Ciel console après des maux si grands,
Peuples, osez paraître aux Palais des Tirans ;
Sonnez trompette, organe de la gloire ;
Sonnez, annoncez ma victoire.

HE'BREUX.

Chantons tous ce Héros, l'arbitre des combats ;
Il est le seul dont le courage
Jamais ne partage
La victoire avec les soldats ;
Il va finir notre esclavage,
Pour nous est l'avantage,
La gloire est à son bras ;
Il fait trembler sur le trône
Les rois, maîtres de l'Univers,
Les guerriers au champ de Bellone,
Les faux-Dieux au fond des enfers.

LE CHŒUR.

Sonnez trompette, organe de sa gloire ;
Sonnez, annoncez sa victoire.

UNE VOIX.

Le défenseur intrépide
D'un troupeau faible & timide
Garde leurs paisibles jours,
Contre le peuple homicide
Qui rugit dans les antres sourds.
Le Berger se repose, & sa flûte soupire
Sous ses doigts le tendre délire
De ses innocentes amours.

LE CHŒUR.

Sonnez trompette, &c.

Fin du second Acte.

ACTE III.

ACTE III.

SCENE PREMIERE.

Le Théâtre représente un Bocage & un Autel, où sont Mars & Venus, & les autres Dieux de Syrie.

LE ROI, LE GRAND-PRESTRE *de Mars*, DALILA, CHŒUR.

LE ROI.

DIEUX de Syrie !
Dieux immortels !
Ecoutez, protégez un peuple qui s'écrie
Au pied de vos Autels !
Eveillez-vous, punissez la furie
De vos Esclaves criminels.
Votre peuple vous prie :
Livrez en nos mains
Le plus fier des humains.

I

CHŒUR.

Livrez en nos mains
Le plus fier des humains.

LE GRAND-PRESTRE.

Mars terrible,
Mars invincible,
Protége nos climats!
Prépare
A ce Barbare
Les fers & le trépas.

DALILA.

O Vénus, Déesse charmante,
Ne permets pas que ces beaux jours
Destinés aux amours
Soient profanés par la guerre sanglante.

CHŒUR.

Livrez en nos mains
Le plus fier des humains.

LES DIEUX DE SYRIE.

Samson nous a domptés! ce glorieux Empire
Touche à son dernier jour!
Fléchissez ce Héros; qu'il aime; qu'il soupire;
Vous n'avez d'espoir qu'en l'amour.

DALILA.

Dieu des plaisirs daigne ici nous instruire

Dans l'art charmant de plaire & de séduire;
Prête à nos yeux tes traits toujours vainqueurs;
Apprens-nous à semer de fleurs
Le piége aimable où tu veux qu'on l'attire.

CHŒUR.

Dieu des plaisirs daigne ici nous instruire,
Dans l'art charmant de plaire & de séduire.

DALILA.

D'Adonis c'est aujourd'hui la fête,
Pour ses jeux la jeunesse s'apprête;
Amour, voici le tems heureux
Pour inspirer & pour sentir tes feux.

CHŒUR DES FILLES.

Amour, voici le tems heureux, &c.
Dieu des plaisirs, &c.

DALILA.

Il vient plein de colére, & la terreur le suit;
Retirons-nous sous cet épais feuillage:
Implorons le Dieu qui séduit
Le plus ferme courage.

Elle se retire avec les Filles de Gaza & les Prêtresses, sous des berceaux qui bordent la Scène.

SCENE II.

SAMSON *seul.*

LE Dieu des combats m'a conduit
Au milieu du carnage ;
Devant lui tout tremble & tout fuit ;
Le tonnerre, l'affreux orage,
Dans les champs fait moins de ravage,
Que son nom seul n'en a produit
Chez le Philistin plein de rage.
Tous ceux qui vouloient arrêter
Ce fier torrent dans son passage,
N'ont fait que l'irriter.
Ils sont tombés : la mort est leur partage.
Ces sons harmonieux, ce murmure des eaux,
Semblent amollir mon courage.
Aziles de la paix, lieux charmans, doux ombrages,
Vous m'invitez au repos.

Il s'endort sur un lit de gazon.

SCENE III.

DALILA, SAMSON, CHŒUR DES PRESTRESSES DE VÉNUS, *revenans sur la Scène.*

DALILA.

Plaisirs flâteurs amollissez son ame ;
Songes charmans enchantez son sommeil.

FILLES DE GAZA.

Tendre amour éclaire son réveil,
Mets dans nos yeux tes attraits & ta flâme.

DALILA.

Vénus inspire-nous, préside à ce beau jour ;
Est-ce-là ce cruel, ce vainqueur homicide ?
Vénus, il semble né pour embellir ta Cour ;
Armé, c'est le Dieu Mars ; désarmé, c'est l'Amour :
Mon cœur, mon faible cœur, devant lui s'intimide ;
Enchaînons de fleurs
Ce guerrier terrible ;
Que ce cœur farouche, invincible,
Se rende à tes douceurs.

CHŒUR.

Enchaînons de fleurs
Ce Héros terrible.

SAMSON *s'éveille, entouré des Filles de Gaza.*

Où suis-je ! en quels climats me vois-je transporté ?
Quels doux concerts se font entendre ?
Quels raviſſants objets viennent de me ſurprendre ?
Eſt-ce ici le ſéjour de la félicité ?

DALILA, *à Samſon.*

Du charmant Adonis nous célébrons la fête ;
L'amour en ordonna les jeux ;
C'eſt l'amour qui les aprête ;
Puiſſent-ils mériter un regard de vos yeux.

SAMSON.

Quel eſt cet Adonis, dont votre voix aimable
Fait retentir ce beau ſéjour ?

DALILA.

C'étoit un Héros indomptable,
Qui fut aimé de la mere d'amour ;
Nous chantons tous les ans cette aimable avanture.

SAMSON.

Parlez, vous m'allez enchanter ;
Les vents viennent de s'arrêter :
Ces forêts, ces oiſeaux, & toute la nature,
Se taiſent pour vous écouter.

DALILA *se met à côté de Samson ; le Chœur se range autour d'eux ; Dalila chante cette Cantatille, accompagnée de peu d'instrumens qui sont sur le Théâtre.*

Vénus dans nos climats souvent daigne se rendre ;
C'est dans nos bois qu'on vient apprendre
De son culte charmant tous les secrets divins.
Ce fut près de cette onde, en ces rians jardins,
Que Vénus enchanta le plus beau des humains ;
Alors tout fut heureux dans une paix profonde ;
Tout l'Univers aima dans le sein du loisir ;
Vénus donnoit au monde
L'exemple du plaisir.

SAMSON.

Que ses traits ont d'appas ! que sa voix m'intéresse !
Que je suis étonné de sentir la tendresse !
De quel poison charmant je me sens pénétré !

DALILA.

Sans Vénus, sans l'Amour, qu'auroit-il pû prétendre ?
Dans nos bois il est adoré ;
Quand il fut redoutable, il étoit ignoré,
Il devint Dieu, dès qu'il fut tendre.
Depuis cet heureux jour,
Ces prez, cette onde, cet ombrage,
Inspirent le plus tendre amour
Au cœur le plus sauvage.

SAMSON.

O Ciel ! ô troubles inconnus !
J'étois ce cœur sauvage & je ne le suis plus ;
Je suis changé, j'éprouve une flâme naissante.

A Dalila.

Ah ! s'il étoit une Vénus !
Si des Amours, cette Reine charmante,
Aux mortels en effet pouvoit se présenter,
Je vous prendrois pour elle, & croirois la flâter.

DALILA.

Je pourrois de Vénus imiter la tendresse ;
Heureux qui peut brûler des feux qu'elle a sentis !
Mais j'eusse aimé peut-être un autre qu'Adonis,
Si j'avois été la Déesse.

SCENE IV.

Les Acteurs précédens.

UN HE'BREU.

Ne tardez point, venez ; tout un peuple fidèle
Eſt prêt à marcher ſous vos loix ;
Soyez le premier de nos Rois,
Combattez & régnez, la gloire vous appelle.

SAMSON.

Je vous ſuis ; je le dois, j'accepte vos préſens.
Ah ! quel charme puiſſant m'arrête ?
Ah ! différez du moins, différez quelque-tems,
Ces honneurs brillants qu'on m'apprête.

CHŒUR DES FILLES DE GAZA.

Demeurez, préſidez à nos fêtes ;
Que nos cœurs ſoient vos tendres conquêtes.

DALILA.

Oubliez les combats :
Que la paix vous inſpire,
Vénus vient de vous ſourire,
L'amour vous tend les bras.

SECOND HÉBREU.

Fuyez le plaiſir décevant
Où votre grand cœur s'abandonne ;
L'amour nous dérobe ſouvent
Les biens que la gloire nous donne.

CHŒUR DES FILLES DE GAZA.

Demeurez, préſidez à nos fêtes,
Que nos cœurs ſoient vos tendres conquêtes.

LES DEUX HÉBREUX.

Voila les ennemis qu'il eſt beau d'éviter.
Craignez-les, redoutez une indigne moleſſe.
Les vulgaires humains cédent à la tendreſſe,
Les Héros doivent la dompter.

PREMIER HÉBREU.

Du Dieu de la victoire acceptez un empire ;
Régnez & triomphez de nos perſécuteurs.

DALILA.

Qu'un empire plus doux vous charme & vous attire ;
Mépriſez avec nous de barbares honneurs.
Demeurez, préſidez à nos fêtes :
Que nos cœurs ſoient vos tendres conquêtes.

CHŒUR DES FILLES.

Demeurez, présidez à nos fêtes,
Que nos cœurs ſoient vos tendres conquêtes.

SAMSON.

Je m'arrache à ces lieux ; allons, je ſuis vos pas.
Prêtreſſe de Vénus, vous, ſa brillante image,
Je ne quitte point vos apas
Pour le trône des Rois, pour ce grand eſclavage ;
Je les quitte pour les combats.

DALILA.

Me faudra-t-il long-tems gémir de votre abſence

SAMSON.

Fiez-vous à vos yeux de mon impatience.
L'oiſeau qui régne dans les airs
Vole au combats, vole au carnage,
Et revient ſoupirer dans ſes heureux déſerts,
Près du tendre objet qui l'engage ;
L'oiſeau qui regne dans les airs
Vole au combat, vole au carnage, &c.

SCENE V.

DALILA *seule.*

IL s'éloigne ! il me fuit ! il emporte mon ame !
Par-tout il est vainqueur.
Le feu que j'allumois m'enflâme ;
J'ai voulu l'enchaîner, il enchaîne mon cœur.

O mere des plaisirs ! le cœur de ta Prêtresse
Doit être plein de toi, doit toujours s'enflâmer ;
O Vénus, ma seule Déesse !
La tendresse est ma loi, mon devoir est d'aimer.

Echo, voix errante,
Legére habitante
De ce beau séjour !
Echo, monument de l'amour,
Parle de ma faiblesse au Héros qui m'enchante ;
Favoris du printems, de l'amour & des airs,
Oiseaux, dont j'entens les concerts,
Heureux oiseaux votre ramage tendre,
Est la voix des plaisirs ;
Chantez. Vénus doit vous entendre
Chantez, portez-lui mes soupirs.

Fin du troisiéme Acte.

ACTE IV.

SCENE PREMIERE.

LE GRAND-PRESTRE, DALILA.

LE GRAND-PRESTRE.

OUI, le Roi vous accorde à ce Héros terrible ;
Mais vous entendez à quel prix.
Découvrez le ſecret de ſa force invincible,
Qui commande au monde ſurpris.
Un tendre hymen, un ſort paiſible,
Dépendront du ſecret que vous aurez appris.

DALILA.

Que peut-il me cacher ? Il m'aime ;
L'indifférent ſeul eſt diſcret :
Samſon me parlera ; j'en juge par moi-même :
L'amour n'a point de ſecret.

SCENE II.

DALILA *seule.*

SEcondez-moi, tendres amours,
Amenez la paix sur la terre;
Cessez trompettes & tambours
D'annoncer la funeste guerre.
Brillez jour glorieux, le plus beau de mes jours;
Hymen! amour! que ton flambeau l'éclaire;
Qu'à jamais je puisse plaire,
Puisque je sens que j'aimerai toujours;
Secondez-moi, tendres amours,
Amenez la paix sur la terre.

SCENE III.

SAMSON, DALILA.

SAMSON.

J'Ai sauvé les Hébreux par l'effort de mon bras,
Et vous sauvez par vos appas

Votre peuple & votre Roi même ;
C'eſt pour vous mériter que j'accorde la paix :
Le Roi m'offre ſon Diadême,
Et je ne veux que vous, pour prix de mes bienfaits.

DALILA.

Tout vous craint dans ces lieux, on s'empreſſe à vous plaire ;
Vous régnez ſur vos ennemis ;
Mais de tous les ſujets que vous venez de faire,
Mon cœur vous eſt le plus ſoumis.

SAMSON & DALILA *enſemble.*

N'écoutons plus le bruit des armes ;
Mirthe amoureux, croiſſez près des lauriers ;
L'amour eſt le prix des guerriers,
Et la gloire en a plus de charmes.

SAMSON.

L'hymen doit nous unir par des nœuds éternels !
Que tardez-vous encore ?
Venez, qu'un pur amour vous amene aux autels
Du Dieu des combats que j'adore.

DALILA.

Ah ! formons ces doux nœuds au temple de Vénus.

SAMSON.

Non, ſon culte eſt impie & ma loi le condamne:
Non, je ne puis entrer dans ce temple prophane.

DALILA.

Si vous m'aimez, il ne l'eſt plus.
Arrêtez, regardez cette aimable demeure;
C'eſt le temple de l'univers.
Tous les mortels, à tout âge, à toute heure,
Y viennent demander des fers.
Arrêtez, regardez cette aimable demeure;
C'eſt le temple de l'univers.

SCENE IV.

SAMSON, DALILA, CHŒUR *de différens Peuples de Guerriers & de Paſteurs.*

AIR.

AMour, volupté pure,
Ame de la nature,
Maître des élémens,
L'Univers n'eſt formé, ne s'anime & ne dure
Que par tes regards bien-faiſans.
Tendre Vénus, le ciel même t'implore;
Il brille de tes feux.
On craint les autres Dieux; c'eſt Vénus qu'on adore;
Ils régnent ſur le monde, & tu régnes ſur eux.

GUERRIERS.

GUERRIERS.

Vénus, notre fier courage,
Dans le ſang, dans le carnage,
Vainement s'endurcit ;
Tu nous déſarmes,
Nous rendons les armes,
L'horreur à ta voix s'adoucit.

UNE PRESTRESSE.

Les filles de Flore
S'empreſſent d'éclore
Dans ce ſéjour.
La fraîcheur brillante
De la fleur naiſſante
Se paſſe en un jour:
Une plus belle
Nait auprès d'elle,
Plaît à ſon tour :
Senſible image
Des plaiſirs du bel âge,
Senſible image
Du charmant amour.

SAMSON.

Je n'y réſiſte plus ; le charme qui m'obſéde,
Tirranniſe mon cœur, ennivre tous mes ſens.
Poſſédez à jamais ce cœur qui vous poſſéde,
Et gouvernez tous mes momens ;

Venez, vous vous troublez !

DALILA.

... Ciel ! que vais-je lui dire ?

SAMSON.

D'où vient que votre cœur ſoupire ?

DALILA.

Je crains de vous déplaire, & je dois vous parler.

SAMSON.

Ah ! devant vous, c'eſt à moi de trembler ;
Parlez, que voulez-vous ?

DALILA.

Cet amour qui m'engage,
Fait ma gloire & mon bonheur ;
Mais il me faut un nouveau gage
Qui m'aſſure de votre cœur.

SAMSON.

Prononcez, tout ſera poſſible
A ce cœur amoureux.

DALILA.

Dites-moi par quel charme heureux,
Par quel pouvoir ſecret cette force invincible....

SAMSON.

Que me demandez-vous ? C'eſt un ſecret terrible
Entre le Ciel & moi.

DALILA.

Ainsi vous doutez de ma foi ;
Vous doutez, & m'aimez !

SAMSON.

Mon cœur est trop sensible ;
Mais ne m'imposez point cette funeste loi.

DALILA.

Un cœur sans confiance est un cœur sans tendresse.

SAMSON.

N'abusez point de ma faiblesse.

DALILA.

Cruel, quel injuste refus !
Notre hymen en dépend, nos nœuds seroient rompus.

SAMSON.

Notre hymen ! . .

DALILA.

Ah ! parlez, c'est l'amour qui vous prie.

SAMSON.

Ah ! cessez d'écouter cette funeste envie.

DALILA.

Cessez de m'accabler de refus outrageans.

SAMSON.

Eh bien ! vous le voulez, l'amour me justifie ;

Mes cheveux, à mon Dieu, consacrés dès long-tems,
De ses bontés pour moi sont les sacrés garants.
Il voulut attacher ma force & mon courage
A de si faibles ornemens.
Ma gloire est son ouvrage.

DALILA.

Ces cheveux, dites-vous ?...

SAMSON.

... Qu'ai-je dit, malheureux !
Ma raison revient ; je frissonne.

TOUS DEUX ENSEMBLE

Le tonnerre tombe sur le Temple & le détruit.

La terre mugit, le Ciel tonne,
Le Temple disparaît, l'astre du jour s'enfuit,
L'horreur épaisse de la nuit
De son voile affreux m'environne.

SAMSON.

Amour, fatale volupté !
J'ai trahi de mon Dieu le secret formidable.
Amour tu m'as précipité
Dans un piége effroyable,
Et je sens que Dieu m'a quitté !

SCENE V.

PHILISTINS, SAMSON, DALILA, LE GRAND-PRESTRE DES PHILISTINS.

LE GRAND-PRESTRE *aux Philistins.*

VEnez, ce bruit affreux, ces cris de la nature,
Ce tonnerre, tout nous assure
Que du Dieu des combats il est abandonné.

DALILA.

Que faites-vous, peuple parjure?

SAMSON.

Quoi, de mes ennemis je suis environné!
Tombez Tyrans.

Il combat.

PHILISTINS.

Cédez Esclave.

ENSEMBLE.

Frapons l'ennemi qui nous brave.

DALILA.

Arrêtez, cruels, arrêtez,
Tournez sur moi vos cruautés.

SAMSON.

Tombez Tyrans.

PHILISTINS.

Cédez Esclave.

SAMSON.

Ah ! quelle mortelle langueur !
Ma main ne peut porter cette fatale épée.
Ah ciel ! ma valeur est trompée ;
Dieu retire son bras vengeur.

PHILISTINS.

Frappons l'ennemi qui nous brave.
Il est vaincu ; cédez Esclave.

SAMSON *entre leurs mains.*

Non, lâches ; non, ce bras n'est point vaincu par vous.
C'est Dieu qui me livre à vos coups.

On l'emméne.

SCENE VI.

DALILA *ſeule.*

O Déſeſpoir ! ô tourmens ! ô tendreſſe !
Roi cruel ! Peuples inhumains !
O Vénus, trompeuſe Déeſſe !
Vous abuſiez de ma faibleſſe ;
Vous avez préparé par mes fatales mains
L'abîme horrible où je l'entraîne ;
Vous m'avez fait aimer le plus grand des humains
Pour hâter ſa mort & la mienne.
Trône tombez, brûlez Autels,
Soyez réduits en poudre !
Tyrans affreux, Dieux cruels !
Puiſſe un Dieu plus puiſſant terraſſer de ſa foudre,
Vous & vos Peuples criminels !

CHŒUR *derriére le Théâtre.*

Qu'il périſſe,
Qu'il tombe en ſacrifice
A nos Dieux !

DALILA.

Voix barbare ! cris odieux !
Allons partager son supplice.

Fin du quatriéme Acte.

ACTE V.

Le Théâtre représente un Sallon du Palais du Roi des Philistins.

SCENE PREMIERE.

SAMSON *enchaîné*, GARDES.

SAMSON.

PROFONDS abîmes de la terre,
Enfer ouvre-toi !
Frapez tonnerre,
Ecrasez-moi !
Mon bras a refusé de servir mon courage ;
Je suis vaincu, je suis dans l'esclavage.
Je ne te verrai plus, flambeau sacré des Cieux !
Lumiere tu fuis de mes yeux.
Lumiere, brillante image
D'un Dieu, ton auteur,
Premier ouvrage
Du Créateur,

Douce lumiere,
Nature entiere,
Des voiles de la nuit, l'impénétrable horreur,
Te cache à ma triste paupiere!
Profonds abîmes, &c.

SCENE II.

SAMSON, CHŒUR D'HÉBREUX.

PERSONNAGES DU CHŒUR.

HElas! nous t'amenons nos Tribus enchaînées,
Compagnes infortunées
De ton horrible douleur.

SAMSON.

Peuple saint! malheureuse race!
Mon bras relevoit ta grandeur,
Ma faiblesse a fait ta disgrace.
Quoi! Dalila me fuit? Chers amis pardonnez
A de si honteuses allarmes.

PERSONNAGES DU CHŒUR.

Elle a fini ses jours infortunés;
Oublions à jamais la cause de nos larmes.

SAMSON.

Quoi! j'éprouve un malheur nouveau,
Ce que j'adore est au tombeau!

Profonds abîmes de la terre,
Enfer ouvre-toi!
Frappez, tonnerre,
Ecrasez-moi!

SAMSON ET DEUX CORIPHÉES.

Amour, tyran que je déteste,
Tu détruis la vertu, tu traînes sur tes pas,
L'erreur, le crime, le trépas;
Trop heureux qui ne connaît pas
Ton pouvoir aimable & funeste!

UN CORIPHÉE.

Vos ennemis cruels s'avancent en ces lieux:
Ils viennent insulter au destin qui nous presse;
Ils osent imputer au pouvoir de leurs Dieux,
Les maux affreux où Dieu nous laisse.

SCENE III.

LE ROI, CHŒUR DES PHILISTINS, SAMSON, CHŒUR DES HÉBREUX,

LE ROI.

Elevez vos accens vers vos Dieux favorables;
Vengez leurs Autels, vengez-nous.

CHŒUR DES PHILISTINS.

Elevons nos accens, &c.

CHŒUR DES ISRAELITES.

Terminez nos jours déplorables.

SAMSON.

O Dieu vengeur, ils ne ſont point coupables,
Tourne ſur moi tes coups !

CHŒUR DES PHILISTINS.

Elevons nos accens vers nos Dieux favorables ;
Vengeons leurs Autels, vengeons-nous.

SAMSON.

O Dieu... pardonne.

CHŒUR DES PHILISTINS.

Vengeons-nous.

LE ROI.

Inventons, s'il ſe peut, un nouveau châtiment ;
Que le trait de la mort, ſuſpendu ſur ſa tête,
Le menace encor & s'arrête ;
Que Samſon dans ſa rage entende notre fête ;
Que nos plaiſirs ſoient ſon tourment.

SCENE IV.

SAMSON, ISRAELITES, LE ROI, PRESTRESSES DE VÉNUS.

UNE PRESTRESSE.

Tous nos Dieux étonnés & cachés dans les Cieux
Ne pouvoient ſauver notre Empire ;
Vénus avec un ſoûrire
Nous a rendus victorieux ;
Mars a volé, guidé par elle,
Sur ſon char tout ſanglant ;
La Victoire immortelle
Tiroit ſon glaive étincellant
Contre tout un Peuple infidelle ;
Et la nuit éternelle
Va dévorer leur Chef, interdit & tremblant.

UNE AUTRE.

C'eſt Vénus qui défend aux tempêtes
De gronder ſur nos têtes ;
Notre ennemi cruel
Entend encor nos fêtes ;
Tremble de nos conquêtes
Et tombe à ſon Autel.

LE ROI.

Eh bien ! qu'est devenu ce Dieu si redoutable,
Qui par tes mains devoit nous foudroyer ?
Une femme a vaincu ce fantôme effroyable,
Et son bras languissant ne peut se déployer.
Il t'abandonne ; il céde à ma puissance ;
Et tandis qu'en ces lieux j'enchaîne les destins,
Son tonnerre étouffé dans ses débiles mains,
Se repose dans le silence.

SAMSON.

Grand Dieu ! j'ai soutenu cet horrible langage,
Quand il n'offensait qu'un mortel.
On insulte ton nom, ton culte, ton Autel ;
Leve-toi, venge ton outrage !

CHŒUR DES PHILISTINS.

Tes cris, tes cris ne sont point entendus,
Malheureux, ton Dieu n'est plus.

SAMSON.

Tu peux encor armer cette main malheureuse ;
Accorde-moi du moins une mort glorieuse.

LE ROI.

Non, tu dois sentir à longs traits
L'amertume de ton supplice ;
Qu'avec toi ton Dieu périsse,
Et qu'il soit comme toi méprisé pour jamais.

SAMSON.

Tu m'inſpires, enfin ; c'eſt ſur toi que je fonde
Mes ſuperbes deſſeins.
Tu m'inſpires, ton bras ſeconde
Mes languiſſantes mains.

LE ROI.

Vil Eſclave, qu'oſe-tu dire ?
Prêt à mourir dans les tourmens,
Peux-tu bien menacer ce formidable empire
A tes derniers momens ?
Qu'on l'immole, il en eſt tems ;
Frapez, il faut qu'il expire.

SAMSON.

Arrêtez, je vais vous inſtruire
Des ſecrets de mon Peuple & du Dieu que je ſers ;
Ce moment doit ſervir d'exemple à l'Univers.

LE ROI.

Parle, apprends-nous tous tes crimes ;
Livre-nous toutes nos victimes.

SAMSON.

Roi, commande que les Hébreux
Sortent de ta préſence & de ce Temple affreux.

LE ROI.

Tu ſeras ſatisfait.

SAMSON.

La Cour qui t'environne,
Tes Prêtres, tes Guerriers, ſont-ils autour de toi?

LE ROI.

Ils y ſont tous, explique-toi.

SAMSON.

Suis-je auprès de cette Colonne
Qui ſoutient ce ſéjour ſi cher aux Philiſtins?

LE ROI.

Oui, tu la touches de tes mains.

SAMSON *ébranlant la Colonne.*

Temple odieux, que tes murs ſe renverſent;
Que tes débris ſe diſperſent
Sur moi, ſur ce peuple en fureur!

CHŒUR.

Tout tombe! tout périt! ô Ciel! ô Dieu vengeur!

SAMSON.

J'ai réparé ma honte & j'expire en vainqueur.

Fin du cinquiéme & dernier Acte.

MENSONGE

MENSONGES

IMPRIMÉS.

* CHAPITRE II.

Sur les Menſonges imprimés.

ON n'a dit que peu de choſes ſur les Menſonges imprimés dont la terre eſt inondée : il ſeroit facile de faire ſur ce ſujet un gros volume ; mais on ſçait qu'il ne faut pas faire tout ce qui eſt facile.

On donnera ici ſeulement quelques régles générales, pour précautionner les hommes contre cette multitude de livres qui ont tranſmis les erreurs de ſiécle en ſiécle.

On s'effraye à la vue d'une bibliothéque nombreuſe : on ſe dit *il eſt triſte d'être condamné à ignorer preſque tout ce qu'elle contient.* Conſolez-vous, il y a peu à regretter. Voyez ces quatre ou cinq mille volumes de la phyſique ancienne, tout en eſt faux juſqu'au tems de Galilée : voyez les hiſtoires de tant de peuples, leurs premiers ſiécles ſont des fables abſurdes.

Après les tems fabuleux viennent ce qu'on appelle les tems héroïques : les premiers

* Le premier ſe trouve dans le volume où eſt Sémiramis.

reſſemblent aux Mille & une nuits, où rien n'eſt vrai; les ſeconds aux romans de chevalerie, où il n'y a de vrai que quelques noms & quelques époques.

Voilà déja bien des milliers d'années & de livres à ignorer, & de quoi mettre l'eſprit à l'aiſe. Viennent enfin les tems hiſtoriques, où le fond des choſes éſt vrai, & où la plûpart des circonſtances ſont des menſonges. Mais parmi ces menſonges n'y a-t'il pas quelques vérités? oui, comme il ſe trouve un peu de poudre d'or dans les ſables que les fleuves roulent.

On demandera ici le moyen de recueillir cet or, le voici: tout ce qui n'eſt conforme ni à la phyſique, ni à la raiſon, ni à la trempe du cœur humain n'eſt que du ſable; le reſte qui ſera atteſté par des contemporains ſages, c'eſt la poudre d'or que vous cherchez. Hérodote raconte à la Gréce aſſemblée l'hiſtoire des peuples voiſins: les gens ſenſés rient quand il parle des prédictions d'Apollon & des fables de l'Egypte & de l'Aſſyrie; il ne les croyoit pas lui-même: tout ce qu'il tient des prêtres de l'Egypte eſt faux; tout ce qu'il a vu a été confirmé. Il faut ſans doute s'en rapporter à lui quand il dit aux Grecs qui l'écoutent: il y a dans les tréſors des Corinthiens un lion d'or du poids de trois cens ſoixante livres, qui eſt un préſent de Créſus : on voit encore la cuve d'or & celle d'argent qu'il donna au temple de Delphes, celle d'or peſe environ cinq cens livres, celle d'argent contient environ deux mille quatre cens pintes. Quelle que ſoit une telle magnificence, quelque ſupérieure qu'elle ſoit à celle que nous connaiſſons, on ne peut la révoquer en doute. Hérodote parloit d'un fait dont il y avoit plus de cent mille témoins ; ce fait d'ailleurs eſt très-important, parce qu'il prouve que dans l'Aſie mineure, du tems de Créſus, il y avoit plus de magnificence qu'on n'en voit aujourd'hui ; & cette magnificence qui ne peut être que le fruit d'un grand nombre de ſiécles, prouve une haute antiquité, dont il ne reſte nulle connaiſſance. Les prodigieux monumens qu'Herodote avoit vûs en Egypte & à Babylone, ſont encore des choſes inconteſtables. Il n'en eſt pas ainſi des ſolemnités établies pour célébrer un événement, il ſe peut très-bien faire que ces fêtes ſoient vraies, & que l'événement ſoit faux.

Les Grecs célébroient les jeux Pithiens en mémoire du ſerpent Pithon, que jamais Apollon n'avoit tué ; les Egyptiens célébroient l'admiſſion d'Hercule au rang des douze grands Dieux, mais il n'y a guères d'apparence que cet Hercule d'Egypte ait existé dix-sept mille ans avant le regne d'Amasis, ainsi qu'il étoit dit dans les hymnes qu'on lui chantoit.

La Gréce assigna neuf étoiles dans le ciel au marsouin qui porta Arion sur son dos, les Romains célébroient en Février cette belle avanture. Les prêtres Saliens portoient en cérémonie le premier de Mars, les boucliers sacrés qui étoient tombés du ciel, quand Numa ayant enchaîné Faunus & Picus, eut appris d'eux le secret de détourner la foudre. En un mot il n'y a jamais eu de peuple qui n'ait solemnisé par des cérémonies les plus absurdes imaginations.

Quant aux mœurs des peuples barbares, tout ce qu'un témoin oculaire & sage me rapportera de plus bisarre, de plus infâme, de plus superstitieux, de plus abominable, je serai très-porté à le croire de la nature humaine. Hérodote affirme devant toute la Gréce que dans ces pays immenses qui sont au-delà du Danube les hommes faisoient consister leur gloire à boire dans des crânes humains le sang de leurs ennemis, & à se vêtir de leur peau; les Grecs qui trafiquoient avec ces barbares auroient démenti Hérodote, s'il avoit éxagéré. Il est constant que plus des trois-quarts des habitans de la terre ont vécu très-long-tems comme des bêtes féroces : ils sont nés tels. Ce sont des singes que l'éducation fait danser, & des ours qu'elle enchaîne. Ce que le czar Pierre le grand a trouvé encore à faire de nos jours dans le nord de ses états, est une preuve de ce que j'avance, & rend croyable ce qu'Hérodote a rapporté.

Après Hérodote le fond des histoires est beaucoup plus vrai ; les faits sont plus détaillés, mais autant de détails, souvent autant de mensonges : & dans ce cahos de tant de guerres, dans ce nombre horrible de batailles, il n'y a guères que la retraite des dix mille de Xénophon, la bataille de Scipion contre Annibal à Zama, décrite par Polibe, celle de Pharsale racontée par le vainqueur, où le lecteur puisse s'éclairer & s'instruire ; par tout ailleurs je vois que des hommes se sont mutuellement égorgés, & rien de plus.

Il y a une chose dans l'histoire qui paraîtrait incroyable à quiconque a un peu vécu ; c'est qu'il y a eu des hommes tout-puissans qui ont été les plus vertueux & les plus sages de tous les hommes. C'est assez qu'un citoyen soit revêtu d'un petit emploi où il puisse faire du mal, pour qu'il en fasse, &. cependant il n'est pas permis de douter que Titus, Trajan, Antonin, Marc-Aurele,

Julien même (erreurs à part) n'ayent fait tout le bien qu'on peut faire ſur la terre.

Il y a un homme dans l'Europe qui ſe leve à cinq heures du matin pour travailler à répandre la félicité ſur quatre cens lieues de terrein : il eſt roi, légiſlateur, miniſtre & général : il a gagné cinq batailles, & dans le ſein de la victoire, il a donné la paix. Son pays a été enrichi, policé & éclairé par lui : il a fait ce qu'à peine d'autres princes ont tenté : il a terminé dans ſes états l'art d'éterniſer les procès, & a forcé la juſtice à être juſte : il donne au moindre de ſes ſujets la permiſſion de lui écrire, & ſi la lettre eſt digne d'une réponſe, il daigne la faire. Ses délaſſemens ſont les occupations d'un homme de génie : je ne crois pas qu'il y ait en Europe un meilleur métaphyſicien ; & s'il étoit né le contemporain & le compatriote des Chapelle, des Bachaumont, des Chaulieu, ces meſſieurs n'auroient pas eû la vogue. Philoſophe & monarque, il connaît l'amitié ; enfin s'il perſiſte, il fera voir qu'il eſt poſſible que l'univers ait eu un Marc-Aurele : ce que je dis-là n'eſt pas un menſonge imprimé.

Je crois qu'on rend un très-grand ſervice aux hommes en rappellant ſouvent l'idée de ce petit nombre d'excellens rois qui ont honoré la nature. C'eſt une très-louable coutume de prononcer tous les ans le panégyrique d'un fondateur devant la société qu'il a fondée; mais célébrer les dernieres années d'Auguste en détestant les premieres, mais louer les Marc-Aurele, les Titus, les Henri IV. & ceux qui leur ressemblent, c'est plaider la cause de l'univers.

Les grands éloges qu'on a donnés pendant leur vie à des hommes médiocres, sont des mensonges ridicules. Les calomnies dont l'esprit de faction a flétri tant de princes, de ministres, d'hommes publics, sont des mensonges affreux. J'ai prouvé ailleurs, à ce que je crois, que le reproche dont plus de deux cens auteurs ont chargé le pape Aléxandre VI. d'avoir voulu empoisonner douze cardinaux, est une calomnie insensée digne de la populace effrénée qui débita cette imposture contre un pontife qu'elle avoit raison de haïr. Je crois avoir détruit les soupçons répandus par-tout, que les personnes qui devoient le plus chérir le grand Henri IV. eurent part à sa mort. Pour croire de pareils crimes, il faut qu'ils soient prouvés; c'en est un de les croire sans preuves.

Quand je lis dans les histoires qu'un monarque absolu & paisible d'une nation policée & obéissante, a commis de ces injustices atroces, de ces cruautés qui font horreur, je n'en crois rien. Il n'eſt pas dans la nature qu'un roi qui n'eſt pas contredit veuille faire du mal, comme il n'eſt pas dans la nature qu'un propriétaire brûle ſon héritage, & qu'un pere ſe prive de ſes enfans.

Les hiſtoriens ſe plaiſent encore à donner à tout premier miniſtre un eſprit très-profond & un cœur très-pervers: c'eſt ſe tromper avec fineſſe; la plupart ont été des hommes médiocres par le génie, par les vertus & par les vices. Un ſage hiſtorien, comme de Thou, Rapin-Thoiras, Giannoné, ne s'y méprend point; mais les faiſeurs d'hiſtoires les prennent pour de grands hommes, comme le vulgaire grand & petit prenoit autrefois les phyſiciens pour des ſorciers.

C'eſt ſur-tout dans les voyageurs qu'on trouve le plus de menſonges imprimés. Je ne parle pas de Paul Lucas, qui a vu le démon Aſmodée dans la haute Egypte; je parle de ceux qui nous trompent en diſant vrai; qui ont vu une choſe extraordinaire dans une nation, & qui la prennent pour une coutume, qui ont vu un abus, & qui le donnent pour une loi. Ils reſſemblent à cet Allemand qui ayant eu une petite difficulté à Blois avec ſon hôteſſe, laquelle avoit les cheveux un peu trop blonds, mit ſur ſon album

Nota bènè que toutes les dames de Blois sont rousses & acariâtres.

Ce qu'il y a de pis, c'est que la plûpart de ceux qui écrivent sur le gouvernement, tirent souvent de ces voyageurs trompés des exemples pour tromper encore les hommes. L'empereur Turc se sera emparé des trésors de quelques pachas nés esclaves dans son serrail, & il aura fait à la famille du mort la part qu'il aura voulu; donc la loi de Turquie porte que le grand Turc hérite des biens de tous ses sujets : il est monarque, donc il est despotique, dans le sens le plus horrible & le plus humiliant pour l'humanité.

Ce gouvernement Turc dans lequel il n'est pas permis à l'empereur de s'éloigner long-tems de la capitale, de changer les loix, de toucher à la monnoie, &c. sera représenté comme un établissement dans lequel le chef de l'état peut du matin au soir tuer & voler loyalement tout ce qu'il veut. L'alcoran dit qu'il est permis d'épouser quatre femmes à la fois, donc tous les merciers & tous les drapiers de Constantinople ont chacun quatre femmes, comme s'il étoit si aisé de les avoir & de les garder. Quelques personnages considérables ont des serrails; de-là on conclut que tous les musulmans sont autant de Sardanapales ; c'eſt ainſi qu'on juge de tout. Un Turc qui auroit paſſé dans une certaine capitale, & qui auroit vû un Auto-da-fé, ne laiſſeroit pas de ſe tromper s'il diſoit : il y a un pays policé où l'on brûle quelquefois en cérémonie une vingtaine d'hommes, de femmes & de petits garçons pour le divertiſſement de leurs gracieuſes majeſtés. La plûpart des relations ſont faites dans ce goût-là ; c'eſt bien pis quand elles ſont pleines de prodiges : il faut être en garde contre les livres, plus que les juges ne le ſont contre les avocats.

Il y a encore une grande ſource d'erreurs publiques parmi nous, & qui eſt particuliere à notre nation ; c'eſt le goût des vaudevilles : on en fait ſur les hommes les plus reſpectables ; & on entend tous les jours calomnier les vivans & les morts, ſur ces beaux fondemens : *ce fait*, dit-on, *eſt vrai, c'eſt une chanſon qui l'atteſte*.

N'oublions pas au nombre des menſonges la fureur des allégories. Quand on eut trouvé les fragmens de Pétrone, auſquels Naudot a depuis joint hardiment les ſiens, tous les ſçavans prirent le conſul Pétrone pour l'auteur de ce livre ; ils voyent clairement Néron & toute ſa cour dans une troupe de jeunes écoliers fripons, qui ſont les héros de cet ouvrage. On fut trompé, & on l'eſt encore par le nom. Il faut abſolument que le débauché obſcur & bas qui écrivit cette ſatire plus infâme qu'ingénieuſe, ait été le conſul Titus Petronius ; il faut que Trimalcion, ce vieillard abſurde, ce financier au-deſſous de Turcaret, ſoit le jeune empereur Néron : il faut que ſa dégoutante & mépriſable épouſe ſoit la belle Acté ; que le pédant, le groſſier Agamemnon, ſoit le philoſophe Séneque : c'eſt chercher à trouver toute la cour de Louis XIV. dans Guſman d'Alfarache ou dans Gil blas. Mais, me dira-t'on, que gagnerez-vous à détromper les hommes ſur ces bagatelles ? je ne gagnerai rien, ſans doute, mais il faut s'accoutumer à chercher le vrai dans les plus petites choſes ; ſans cela on eſt bien trompé dans les grandes.

CHAPITRE III.

Sur les Mensonges imprimés.

Raisons de croire que le livre intitulé : Testament politique du cardinal de Richelieu, *est un ouvrage supposé.*

MOn zèle pour la vérité, mon emploi d'historiographe de France, qui m'oblige à des recherches historiques, mes sentimens de citoyen, mon respect pour la mémoire du fondateur d'un corps dont je suis membre, mon attachement aux héritiers de son nom & de son mérite : voilà mes motifs pour chercher à détromper ceux qui attribuent au cardinal de Richelieu un livre qui m'a paru n'être, ni pouvoir être de ce ministre.

I.

Le titre même est très-suspect ; un homme qui parle à son maître n'intitule guères ses conseils respectueux du nom fastueux de *Testament politique*. A peine le cardinal de Richelieu fut-il mort, qu'il courut cent manuscrits pour & contre sa mémoire : j'en ai deux sous le titre de *Testamentum Christianum*, & deux sous celui de *Testamentum politicum* : voilà probablement l'origine de tous les testamens politiques qu'on a fabriqués depuis.

II.

Si un ouvrage dans lequel un des plus grands hommes d'état qu'ait jamais eu l'Europe est supposé rendre compte de son administration à son maître ; & lui donner des conseils pour le présent & pour l'avenir, eût été en effet composé par ce ministre, il eût pris probablement toutes les mesures possibles pour qu'un tel monument ne fût pas négligé ; il l'eût revêtu de la forme la plus authentique ; il en eut parlé dans son vrai Testament, qui contient ses dernieres volontés ; il l'eût légué au roi, comme un présent beaucoup plus précieux que le palais cardinal : il eût chargé l'éxécuteur de son Testament de remettre à Louis XIII. cet ouvrage important ; le roi en eût parlé ; tous les mémoires de ce tems-là auroient fait mention d'une anecdote si intéressante : rien de tout cela n'est arrivé. Le silence universel dans une affaire aussi grave, doit donner à tout homme de bon sens les plus violens soupçons.

III.

Si un homme auſſi paſſionné pour la gloire que le cardinal de Richelieu eut travaillé en effet à un corps de politique qui embraſſe toutes les parties de l'art de gouverner, par quelle étrange contradiction avec ſon caractere n'auroit-il recommandé à perſonne un dépôt qui devoit lui étre ſi cher ? pourquoi ni le manuſcrit original, ni aucune copie, n'auroient-ils jamais parû pendant un ſi grand nombre d'années ? On ſçavoit à la mort de Céſar qu'il avoit fait des commentaires : on ſçavoit que Cicéron avoit écrit ſur l'éloquence ; un manuſcrit de Raphaël ſur la peinture n'eût pas été ignoré.

IV.

Cet ouvrage n'eſt point un projet informe, il eſt entierement terminé ; la concluſion finit par une peroraiſon pleine de morale : *Je ſupplie votre Majeſté de penſer dès à cette heure ce que Philippe II. ne penſa peut-être qu'à l'heure de ſa mort ; & pour l'y convier par l'exemple, autant que par raiſon, je lui promets qu'il ne ſera jour de ma vie que je ne tâche de me mettre en l'eſprit ce que je devrois avoir à l'heure de ma mort ſur le ſujet*

ſujet des affaires publiques. Rien ne manque à l'ouvrage pour le rendre complet ; on y trouve juſqu'à l'épître dédicatoire qu'on a eû l'impudence de ſigner en Hollande *Armand du Pleſſis*, quoique le cardinal n'ait jamais ſigné ainſi ; on y trouve juſqu'à la table des matieres que l'éditeur oſe encore dire rédigée par le cardinal méme, & dans cette épître dédicatoire on le fait parler ainſi au roi : *Cette piéce verra le jour ſous le titre de mon teſtament politique, pour ſervir après ma mort, &c.* Donc en effet cette piéce devoit voir le jour après la mort du cardinal ; donc elle devoit être préſentée au roi d'une maniere ſolemnelle ; donc l'original eut dû être ſigné, être connu ; donc le jour où la famille eut préſenté au roi ce legs ſi important, eut été un jour mémorable ; & ſi le roi eut jugé à propos de garder le ſilence ſur les choſes ſecrettes & intéreſſantes, ſur la profonde politique, ſur les conſeils délicats que ces mémoires devoient renfermer dans les conjonctures haſardeuſes où ſe trouvoit la France, le roi du moins auroit publié que ſon premier miniſtre lui avoit laiſſé un tréſor, ſans dire ce que ce tréſor renfermoit. En ce cas l'auteur de cet ouvrage, lequel devoit être un ſecret entre le roi & lui, n'eût point permis qu'on en fit de copie ; l'original ſeul eût été dans les mains de Louis XIII. & ſi après la mort du roi il eut paſſé entre les mains de quelque miniſtre, & de-là dans celles qui l'ont rendu public, on en auroit dû ſçavoir quelques circonſtances ; l'éditeur auroit dit par quelle voie il auroit été mis en poſſeſſion de ce manuſcrit ; il l'auroit dit d'autant plus hardiment qu'il imprimoit le livre dans un pays libre environ quarante ans après la mort du cardinal, & lorſque le ſouvenir des inimitiés entre ce miniſtre & pluſieurs grandes maiſons étoit éteint.

L'éditeur, comme je l'ai déja remarqué ailleurs, étoit tenu ſur-tout de conſtater l'authenticité du manuſcrit, ſans quoi il ſe déclaroit indigne de toute croyance. Aucune de ces conditions, abſolument néceſſaires à l'authenticité d'un tel livre, n'a été remplie, & même pendant vingt-quatre années entieres depuis la prétendue date du manuſcrit, ni la cour, ni la ville, ni aucun livre, ni aucun journal ne fit la moindre mention que le cardinal eut laiſſé au roi un Teſtament politique.

V.

Comment, en effet, le cardinal de Richelieu qui, comme on ſçait, avoit plus de peine à gouverner le roi ſon maître qu'à tenir le timon de la France, auroit-il eu le deſſein & le loiſir de faire un tel ouvrage pour l'uſage de Louis XIII? L'auteur du nouvel abrégé chronologique de l'hiſtoire de France, qui peint ſi bien les ſiécles & les hommes, avoue dans ce livre ſi utile que le cardinal de Richelieu avoit *autant à craindre du roi, pour qui il riſquoit tout, que du reſſentiment de ceux qu'il forçoit d'obéir* : les aigreurs, les défiances, les mécontentemens réciproques alloient tous les jours ſi loin entre le roi & le miniſtre que le grand écuyer Cinq-mars propoſa au roi de traiter le cardinal de Richelieu comme le maréchal d'Ancre, & s'offrit pour l'exécution; c'eſt ce que Louis XIII. dit lui-même dans une lettre au chancelier Seguier, après la conſpiration de Cinq-mars. Louis XIII. avoit donc mis ſon favori à portée de lui faire cette propoſition étrange. Eſt-ce dans une telle ſituation qu'on ſe donne la peine de faire pour un roi d'un âge mûr, qu'on redoute & dont on eſt redouté, un recueil de préceptes qu'un pere oiſif pourrait tout au plus laiſſer à ſon fils encore dans l'enfance? il me ſemble que le cœur humain n'eſt point fait ainſi. Cette raiſon ne ſera pas d'un grand poids auprès d'un ſçavant, mais elle fait impreſſion ſur ceux qui connaiſſent les hommes.

V I.

Suppoſons pourtant qu'un homme tel que le cardinal de Richelieu, eut voulu donner en effet au roi ſon maître des conſeils pour gouverner après ſa mort, comme il lui en avoit donné pendant ſa vie : quel eſt l'homme qui en ouvrant ce livre ne s'attendra pas à voir tous les ſecrets du cardinal de Richelieu dévelopés, & toute la grandeur & la hardieſſe de ſon génie reſpirant dans ſon Teſtament ? qui ne ſe flattera pas de lire des conſeils fins & hardis, convenables à l'état préſent de l'Europe, à celui de la France, de la cour, & ſur-tout du monarque ? Par le premier chapitre il eſt évident que l'auteur feint d'écrire en 1640. car il fait dire au cardinal de Richelieu dans un jargon barbare, en parlant de la guerre avec l'Eſpagne : *Ce n'eſt pas que dans cette guerre, qui a duré cinq ans, il ne vous eſt arrivé aucun accident, &c.* or cette guerre avoit commencé en 1635. & le dauphin étoit né en 1638. comment dans un écrit politique, qui entre dans les détails des cas privilégiés, des appels comme d'abus, du droit d'indult, & des vents qui régnent ſur la méditerranée, oublie-t'on l'éducation de l'héritier de la monarchie ? certes le fauſſaire est bien mal adroit. La véritable cause de cette faute d'omission c'est que dans plusieurs autres endroits du livre, l'auteur oubliant qu'il a feint d'écrire en 1639. & en 1640. s'avise ensuite d'écrire en 1635. il donne à Louis XIII. vingt-cinq ans de regne, au lieu de lui en donner trente; contradiction palpable, & démonstration évidente d'une supposition que rien ne peut pallier.

VII.

Quoi! Louis XIII. est engagé dans une guerre ruineuse contre la maison d'Autriche, les ennemis sont aux frontieres de la Champagne & de la Picardie, & son premier ministre, qui lui a promis des conseils, ne lui dit rien ni de la maniere dont il faut soutenir cette guerre dangereuse, ni de celle dont on peut faire la paix, ni des généraux, ni des négociateurs qu'on peut employer? quoi pas un mot de la conduite qu'on doit tenir avec le chancelier Oxenstiern, avec l'armée du duc de Veimar, avec la Savoye, avec le Portugal & la Catalogne? on ne trouve rien sur les révolutions que le cardinal lui-même fomentoit en Angleterre, rien sur le parti huguenot qui respiroit encore la faction & la vengeance. Il me semble voir un médecin qui vient pour preſcrire un régime à ſon malade, & qui lui parle de toute autre choſe que de ſa ſanté.

VIII.

Celui qui a débité ſes idées ſous le nom du cardinal de Richelieu commence par ſe ſervir des ſuccès mêmes que ce grand homme avoit eûs dans ſon miniſtere, pour lui faire avancer qu'il avoit promis ces ſuccès au roi ſon maître. Le cardinal avoit abaiſſé les grands du royaume qui étoient dangereux, les huguenots qui l'étoient davantage, & la maiſon d'Autriche qui avoit été encore plus à craindre ; de-là il infere que le cardinal avoit promis ces révolutions au roi dès qu'il étoit entré dans le conſeil. Voici les paroles qu'il prête au cardinal : *Lorſque votre Majeſté ſe réſolut de me donner en même tems & l'entrée de ſes conſeils & grande part en ſa confiance, je lui promis d'employer toute l'autorité qu'il lui plairoit me donner pour ruiner le parti huguenot, rabaiſſer l'orgueil des grands, remettre tous les ſujets dans leur devoir, & relever ſon nom dans les nations étrangeres au point où il devoit l'être, &c.* Or il eſt de notoriété publique que quand Louis XIII. conſentit à mettre le cardinal de Richelieu dans le conseil, il étoit bien éloigné de connaître le bien qu'il procuroit à la France & à lui-même. Il est public que le roi, qui alors avoit de l'éloignement pour ce grand homme, ne fit que céder aux instances de la reine sa mere, qui triompha enfin de la répugnance de son fils, après s'être donnée les plus grands mouvemens pour introduire dans le conseil celui qu'elle avoit fait cardinal, qu'elle regardoit comme sa créature, & par qui elle espéroit gouverner. On eût même besoin de gagner le marquis de la Vieuville, surintendant des finances, qui consentit avec beaucoup de peine à voir entrer le cardinal au conseil en 1624. il n'y eût ni la premiere place, ni le premier crédit; toute cette année se passa en jalousies, en cabales, en factions secrettes; le cardinal ne prit que peu à peu l'ascendant.

Quelques lecteurs apprendront peut-être ici avec plaisir que le cardinal de Richelieu n'eut les provisions de premier ministre qu'en 1629. le 21 Novembre; Louis XIII. les signa seul de sa main. Ces lettres patentes sont adressées par le roi au cardinal même; & ce qu'il y a de très-remarquable, c'est que les appointemens attachés à cette nouvelle dignité y sont en blanc, le roi laissant à la magnificence & à la discrétion de son ministre le soin de prendre au trésor public de quoi soutenir la grandeur de cette place.

Je reviens, & je dis qu'il n'est pas vraisemblable que le cardinal ait tenu en 1624. les discours qu'on lui prête. Il est beau de faire tant de grandes choses, mais il est téméraire de les promettre. Il raconte avec indécence & avec infidélité ce qu'il a fait : il ne dit rien du tout de ce qu'il faut faire. Pourquoi ? c'est que l'un étoit fort aisé, & l'autre très-difficile.

I X.

Par le peu qu'on vient de dire, il paraît déja que l'ouvrage prétendu ne peut convenir, ni au caractere du ministre à qui on le donne, ni au roi auquel on l'adresse, ni au tems où on le suppose écrit : j'ajouterai encore, ni au stile du cardinal. Il n'y a qu'à voir cinq ou six de ses lettres, pour juger que ce n'est point du tout la même main, & cette preuve suffiroit pour quiconque a le moindre goût & le moindre discernement. D'ailleurs le cardinal de Richelieu obligé de faire quelquefois des actions violentes, ne laiſſoit point échaper dans ſes écrits de paroles dures & indécentes. S'il agiſſoit avec hardieſſe, il écrivoit de la maniere la plus circonſpecte. Il n'eut certainement pas appellé dans un ouvrage politique la marquiſe du Fargis, dame d'atour de la reine regnante, *la Fargis*. C'eſt manquer aux premieres loix du reſpect & de la bienſéance, en parlant au roi & à la poſtérité. Cette indigne expreſſion eſt tirée d'un mauvais livre imprimé en 1649. intitulé: *Hiſtoire du miniſtere du cardinal de Richelieu.* L'auteur du Teſtament a copié cet ouvrage de ténébres, plus flétri, ſans doute, par le mépris public que par l'arrêt qui le condamne.

Qui pourra ſe perſuader qu'un premier miniſtre, qui ſuppoſe la paix faite avec l'Eſpagne, parle des Eſpagnols en ces termes: *cette nation avide & inſatiable, ennemie du repos de la Chrétienté?* C'eſt ainſi qu'on auroit pû parler de Mahomet II. Seroit-il poſſible qu'un prêtre, un cardinal, un premier miniſtre, un homme ſage écrivant à un roi ſage, & écrivant un Teſtament qui devoit être éxemt de paſſion, ſe fut emporté (dans le tems de cette paix ſuppoſée) à des expreſſions qu'il n'avoit pas employées dans la déclaration de la guerre?

X.

Après de si fortes présomptions, quel homme de bon sens peut résister à cette preuve évidente de faux qui se trouve dans le premier chapitre : je veux dire à cette supposition que la paix est faite. *Vous êtes parvenu*, dit-on, *à la conclusion de la paix... votre Majesté n'est entrée dans la guerre... &c. & n'en est sortie... &c.*

Un imposteur, dans la chaleur de la composition, oubliant le tems dont il parle peut tomber dans cette absurdité énorme; mais un premier ministre, quand il fait la guerre, ne peut pas assurément dire que la paix est conclue. Jamais la guerre ne fut plus vive contre la maison d'Autriche, quoique toutes les puissances négociassent, ou plutôt parce qu'elles négocioient. Il est vrai qu'en 1641. on jetta quelques fondemens des traités de Munster, qui ne furent consommés qu'en 1648. & l'auteur du Testament fait parler le cardinal de Richelieu tantôt en 1640. tantôt en 1635. Le cardinal ne pouvoit ni supposer la paix faite au milieu de la guerre, ni dire des injures atroces aux Espagnols, avec lesquels il vouloit traiter.

X I.

Faudra-t'il à cette preuve palpable de l'impoſture, ajouter une bévue moins forte, à la vérité, mais qui ne décele pas moins un menteur ignorant ? Il fait dire à un premier miniſtre, tel que le cardinal, dans ce même premier chapitre, que *le roi a refuſé le ſecours des armes Ottomanes contre la maiſon d'Autriche.* S'il s'agit d'un ſecours que le Turc vouloit envoyer aux armées Françaiſes, le fait eſt faux, & l'idée en eſt ridicule : s'il s'agit d'une diverſion des Turcs en Hongrie ou ailleurs, quiconque connaît le monde, quiconque a la moindre idée du cardinal de Richelieu, ſçait aſſez que de telles offres ne ſe refuſent pas.

X I I.

Comme il paraît par le premier chapitre que l'impoſteur écrivoit après la paix des Pirenées, dont il avoit l'imagination remplie, il paraît par le ſecond qu'il écrivoit après la réforme que fit Louis XIV. dans toutes les parties de l'adminiſtration.

Je me ſouviens que j'ai vû dans ma jeuneſſe, dit-il, *les gentilshommes & autres perſonnes laïques, poſſéder par confidence non-seulement la plus grande partie des prieurés & abbayes, mais aussi des cures & évêchés. Maintenant les confidences. . . sont plus rares que les légitimes possessions ne l'étoient en ce tems-là.*

Or il est certain que dans les derniers tems de l'administration du cardinal, rien n'étoit plus commun que de voir des laïques posséder des bénéfices. Lui-même avoit fait donner cinq abbayes au comte de Soissons, qui fut tué à la Marfée; M. de Guise en possédoit onze; le duc de Verneuil avoit l'évêché de Metz; le prince de Conti eût l'abbaye de S. Denis en 1641. le duc de Nemours eût l'abbaye de S. Remi de Reims; le marquis de Treville celle de Moutier-Andé sous le nom de son fils; enfin le garde des sceaux Châteauneuf conserva plusieurs abbayes jusqu'à sa mort, arrivée en 1643. & on peut juger si cet exemple étoit suivi. Le nombre des laiques qui jouissoient de ces revenus de l'état est innombrable. Il n'y a qu'à voir les mémoires du comte de Grammont, pour se faire une idée de la maniere dont on obtenoit alors des bénéfices. Je n'examine pas si c'étoit un mal ou un bien de donner les revenus de l'Eglise à des séculiers, mais je dis qu'un imposteur habile n'eût jamais fait parler le cardinal de

Richelieu d'une réforme qui n'éxistoit pas.

XIII.

Dans ce même second chapitre le faiseur de projets, qui est indubitablement un homme d'Eglise trop prévenu en faveur des prétentions du clergé, & trop peu jaloux des droits de la couronne, déclame contre le droit de régale. Il oublioit qu'en 1637. & en 1638. le cardinal de Richelieu avoit fait rendre des Arrêts du conseil, par lesquels tout évêque qui se croiroit éxemt de ce droit, étoit tenu d'envoyer au greffe les titres de sa prétention. Cet écrivain ne sçavoit pas qu'un évêque ministre d'état, s'intéresse plus aux droits du trône qu'aux prétentions ecclésiastiques. Il falloit connaître le caractere d'un premier ministre pour le faire parler. C'est l'âne qui se couvre de la peau du lion, & qu'on reconnaît bientôt à ses oreilles.

XIV.

Le faussaire ignorant, dans ce même chapitre second, où il entretient le roi des universités & des colléges, au lieu de lui parler de ses vrais intérêts, dit dans son stile grossier (section X.) « L'histoire de Benoît » XI. contre lequel les Cordeliers piqués

» sur le sujet de la perfection de la pauvreté,
» sçavoir du revenu de S. François, s'animerent jusqu'à tel point, que non-seulement ils lui firent ouvertement la guerre par leurs livres, mais de plus par les armes de l'empereur, à l'ombre desquels un antipape s'éleva au grand préjudice de l'Eglise, est un exemple trop puissant pour qu'il soit besoin d'en dire davantage. » Certainement le cardinal de Richelieu, qui étoit très-sçavant, n'ignoroit pas que cette avanture, dont parle le faussaire, étoit arrivée au pape Jean XXII. & non pas au pape Benoit XI. Il n'y a guéres de fait dans l'histoire Ecclésiastique plus connu que celui-là, son ridicule l'a rendu célébre ; il n'étoit pas possible que le cardinal s'y fut mépris. D'ailleurs, pour apprendre à un roi combien les querelles de religion sont dangereuses, on avoit à citer des exemples plus frapans.

X V.

Dans cette même section X. du chapitre II. où il est question des Jésuites : *Cette compagnie*, dit-il, *qui est soumise par un vœu d'obéissance aveugle à un chef perpétuel, ne peut, suivant les loix d'une bonne politique, être beaucoup autorisée dans un état auquel une communauté puiſſante doit être redoutable.* Je ſçai bien que ce trait eſt adouci quelques lignes après ; mais de bonne foi, le cardinal de Richelieu pouvoit-il croire les Jéſuites redoutables, lui qui ne ſçavoit que les rendre utiles ? le cardinal de Richelieu avoit éxilé quelques Jéſuites auſſi bien que quelques peres de l'Oratoire & d'autres religieux qui étoient entrés dans des cabales ; mais ni lui, ni l'état n'avoient rien à craindre de ces compagnies. Il feroit aſſurément bien étrange que le vainqueur de la Rochelle ſe fut plus défié dans ſon Teſtament politique, des Jéſuites que des huguenots. Cette réfléxion n'eſt pas une preuve convaincante ; mais jointe aux autres, elle ſert à faire voir que l'auteur, en prenant le nom d'un premier miniſtre, n'en a pû prendre l'eſprit.

X V I.

S'il falloit relever tous les mécomptes dont cet ouvrage fourmille, je ferois un livre auſſi gros que le Teſtament politique que la fourberie a compoſé, que l'ignorance, la prévention, le reſpect d'un grand nom ont fait admirer, que la patience du lecteur peut à peine achever de lire, & qui feroit ignoré, s'il avoit paru ſous le vrai nom de l'auteur. J'ai déja, dans un petit ouvrage qui ne comportoit pas d'étendue, indiqué quelques-unes de ces preuves qui décélent l'imposture aux yeux de quiconque a du jugement & du goût.

En voici une qui est sans replique : l'auteur qui étale, & encore mal-à-propos, une vaine & fausse érudition sur l'histoire de l'Eglise, sur le commerce, sur la marine, s'avise au chapitre IX. section VI. de dire, à propos d'établissemens dans les Indes : *Quant à l'occident, il y a peu de commerce à faire. Drak, Thomas Cavendish, Herberg, Lhermite, Lemaire, & le feu M. le comte Maurice, qui y envoya douze navires à dessein d'y faire commerce, ou d'amitié ou de force, n'ayant pu trouver lieu d'y faire aucun établissement.*

Remarquez dans quel tems l'imposteur fait parler ainsi le cardinal de Richelieu, c'est en 1640. c'est dans le tems même que le feu comte Maurice, qui étoit plein de vie, gouvernoit le Brésil au nom des Provinces-unies ; c'est après que la compagnie Hollandaise des Indes occidentales avoit fait des progrès considérables depuis 1622. sans interruption : remarquez encore qu'au commencement de cette même section VI. l'auteur avoue que *les Hollandais ne donnent pas*

pas peu d'affaires aux Eſpagnols dans les Indes occidentales , où ils occupent la plus grande partie du Brézil. En vérité, peut-on mettre ſur le compte d'un homme d'état un tel fatras d'erreurs & de contradictions ?

L'Angleterre, dont il parle, avoit déja des pays immenſes dans l'Amérique. Quant à Drak, & à Thomas Cavendish, leurs exemples ſont cités très-mal-à-propos : ils ne furent pas envoyés pour faire des établiſſemens, mais pour ruiner ceux des Eſpagnols, pour troubler leur commerce, pour faire des priſes, & c'eſt à quoi ils réuſſirent.

XVII.

Si on vouloit ſe donner la peine de lire le Teſtament politique avec attention, on ſeroit bien ſurpris de voir qu'en effet ce livre eſt plutôt une critique de l'adminiſtration du cardinal qu'une expoſition de ſa conduite, & une ſuite de ſes principes : tout y roule ſur deux points, dont le premier eſt indigne de lui, & dont le ſecond eſt un outrage à ſa mémoire.

Le premier objet eſt un lieu commun, puérile, vague, un catéchiſme pour un prince de dix ans, & bien étrangement déplacé à l'égard d'un roi âgé de quarante années ; tels ſont ces chapitres : que *le fondement du bonheur d'un état eſt le regne de Dieu ; que la raiſon doit être la regle de la conduite ; que les intérêts publics doivent être préférés aux particuliers ; que la prévoyance eſt néceſſaire ; qu'il faut deſtiner un chacun à l'emploi qui lui eſt propre ; qu'il eſt important d'éloigner les flatteurs médiſans, faiſeurs d'intrigues*, & vingt autres découvertes de cette fineſſe & de cette profondeur, accompagnées d'avis qui auroient été une inſulte à Louis XIII. prince éclairé, & qui eut été en droit de répondre à ſon miniſtre, à ſon ſerviteur, parlez ainſi à mon fils, & reſpectez plus votre maître.

Le ſecond point, qui eſt ſurtout renfermé dans le neuviéme chapitre, roule ſur les projets d'adminiſtration imaginés par l'auteur ; & de tous ces projets il n'y en a pas un ſeul qui ne ſoit préciſément le contre-pied de l'adminiſtration du cardinal. L'auteur ſe met en tête d'abolir les comptans, ou de les réduire par grace à un million d'or ; réduction qui, comme je l'ai fait voir, eût monté au tiers des revenus du roi, ſans quoi l'expreſſion vague *million d'or*, ne peut avoir aucun ſens.

Je dirai encore ici que ces mots vagues *un million d'or* ſont ſouvent employés au haſard par les compilateurs des hiſtoires anciennes, qui n'entendent pas mieux les finances que les loix & la tactique des pays dont ils parlent. L'eſprit philoſophique qui de nos jours doit réformer les belles-lettres, nous a fait comprendre l'importance des finances. Nous ſçavons que cette partie eſſentielle de tout gouvernement éxige un eſprit géométrique pour la bien conduire, & même un eſprit d'invention pour la conduire ſupérieurement. Il devient néceſſaire qu'un hiſtorien en ait des connaiſſances, ſans quoi il ne préſente jamais au lecteur que des événemens qui ſemblent n'avoir point de cauſe.

Il eſt certain qu'aujourd'hui un hiſtorien qui écriroit qu'il en a couté à la France un million d'or pour une entrepriſe, ne ſeroit pas entendu. Il eſt certain que dans aucun bureau de miniſtre on ne ſe ſert de ces expreſſions : il eſt certain qu'on ne s'en eſt jamais ſervi, parce qu'elles ne forment aucun ſens déterminé, & qu'on ne pourrait deviner ſi c'eſt un million de marcs d'or, de livres d'or, de louis d'or, ou de ducats, &c.

Jamais le miniſtere, en aucun tems, n'a déſigné d'autre monnoie que la monnoie de compte, monnoie fictice, monnoie invariable, telle que les livres tournois, & les écus tournois valant trois livres de compte.

Sous Henri III. on comptoit par écus de trois livres, comme nous faisons encore avec l'étranger quand nous disons : un écu de compte de Paris est à trente-un trente-deux de change à Londres ; mais jamais nous n'avons entendu par-là des écus d'or : pourquoi ? parce que les écus d'or ont toujours varié, & que l'écu fictice est toujours le même.

Ceux qui sans avoir éxaminé ce fait & cet usage, ont supposé que le cardinal de Richelieu entendoit par un million d'or, un million d'écus d'or, pouvaient-ils imaginer qu'un ministre éclairé se fut servi d'une expression si inusitée & si fausse ? pouvoient-ils croire qu'en 1640. lorsqu'on comptoit par livres, le premier ministre eût compté par écus d'or, quand jamais aucun ministre précédent n'avoit compté ainsi ? enfin ils devoient lire le Testament politique : ils auroient trouvé une absurdité au chapitre IX. qui leur auroit ôté l'envie de défendre cet ouvrage, & de l'imputer à un premier ministre : ils auroient vû que l'auteur, dans l'état qu'il lui plaît de dresser à ce chapitre IX. évalue cette réduction des comptans, ce million d'or à trois cens mille livres tournois, ce qui eſt tout juſte dix fois moins qu'un million d'écus : ils auroient vû par-là que l'auteur du Teſtament écrivoit ſans régle, ſans principe, ſans connaiſſance, ſans la moindre attention, & qu'il contrediſoit ſans ceſſe une erreur par une erreur plus grande. Ils auroient rougi, encore une fois, de chercher à flétrir la mémoire du cardinal de Richelieu, en lui attribuant tant de mépriſes & tant d'ignorance.

Ils ont cité le dictionnaire de Trévoux, comme ſi une erreur d'un dictionnaire étoit une autorité. Je ſuis en droit d'avertir que j'ai éxaminé à la chambre des comptes les regiſtres échapés à l'incendie, depuis le tems de Louis XII. juſqu'à nos jours. J'ai pris cette peine pour conſtater les droits de mes camarades les gentilshommes ordinaires de la chambre & maiſon du roi : il s'agiſſoit de détruire un autre menſonge imprimé, dont je ſaiſis exprès l'occaſion de parler ici.

Parmi beaucoup d'erreurs qui ſe trouvent dans le livre intitulé : *Etat de la France*, il y en a une qui ſuppoſe que nous avons été créés par le roi Henri III. au nombre de quarante-cinq ; erreur offenſante, qui nous confond avec les quarante-cinq gaſcons que le duc d'Epernon mit en effet au service de Henri III. lesquels furent dispersés après la mort de ce monarque, & qui n'avoient jamais été réputés de la maison, jamais payés à l'épargne, mais soudoyés en secret par le duc d'Epernon ; & ce furent eux qu'on employa au meurtre du duc de Guise. J'ai vérifié que nous étions appellés chambellans du tems de Louis XII. & sous tous ses prédécesseurs; que ce fut François I. qui dans les grands établissemens de la maison du roi, qui durent encore, nous qualifia de gentilshommes ordinaires de sa chambre: & je ne craindrai point d'augmenter cette digression qui intéresse vingt-cinq officiers du roi, en disant que les premiers gentilshommes de la chambre ont été depuis tirés de notre corps ; que celui qui d'abord eût des lettres patentes de premier gentilhomme de la chambre fut le maréchal de S. André, qui ne fut long-tems que gentilhomme ordinaire comme les autres, & qui lorsqu'il obtint cette distinction n'eut jamais d'autres gages que les nôtres, qui étoient de douze cens livres, somme assez forte en ce temslà. Sous Henri III. & dans les premieres années du regne de Henri IV. nos gages sont de six cens soixante-cinq écus tournois, spécifiés ainsi sur tous les registres. J'ajouterai encore en passant que le connétable

Anne de Montmorenci ne fut jamais premier gentilhomme de la chambre, comme l'a dit Moréri : il fut toujours gentilhomme ordinaire de la chambre, jusqu'à ce qu'il fût connétable, & il est employé dans le rôle pour douze cens livres tournois. Je finis cette digression en certifiant qu'à la chambre des comptes il n'y a pas un seul article spécifié en or ; & ayant remarqué en passant ces erreurs de l'*Etat de la France* & du *Moréri*, je finirai ce XVII. article en disant que plus je lis, plus je suis épouvanté du nombre prodigieux de faussetés dont les livres sont remplis, & de la difficulté presque insurmontable d'écrire une histoire instructive & vraie, depuis la fondation de la monarchie jusqu'au regne de Henri le grand.

XVIII.

Je reviens à ce chapitre IX. du Testament politique, chapitre qui porte à chaque page les preuves les plus évidentes de la supposition la plus mal adroite ; c'est-là que tout est faux, réfléxions, faits & calculs ; c'est-là que l'auteur avance que quand on établit un impôt on est obligé de donner une plus grande solde au soldat ; ce qui n'est pourtant arrivé ni sous Louis XIII. ni sous Louis XIV. c'est-là qu'en ſoulageant le peuple de dix-ſept millions de taille, il porte tout d'un coup à cinquante-ſept millions les revenus du roi, qu'il ſuppoſe n'aller d'ordinaire qu'à trente-cinq, & il le ſuppoſe encore avec ignorance; car les tailles alloient ſeules d'ordinaire à trente-cinq millions, les fermes à onze, &c. c'eſt-là qu'il ſe propoſe de rembourſer les rentes établies par le cardinal, dont pluſieurs étoient au denier vingt, qu'il appelle le denier cinq; d'ôter aux tréſoriers de France les deux tiers de leurs gages; de faire payer la taille aux parlemens, aux chambres des comptes, au grand conſeil, à toutes les cours qu'il appelle ſouveraines, dans le tems même qu'il les met au rang des payſans. N'étoit-il pas bien-ſéant au cardinal de Richelieu de propoſer cette extravagance, pour avilir un corps dont il avoit l'honneur d'être membre par ſa qualité de pair de France, dignité dont il faiſoit autant de cas que de celle de cardinal.

XIX.

A l'égard de la guerre on a déja remarqué qu'il ne parle point de celle dans laquelle on étoit engagé. Mais dans ſes réfléxions vagues, générales & chimériques, il recommande de taxer tous les fiefs des gentilshommes, pour enrôler & ſoudoyer la nobleſſe : il veut que tout gentilhomme ſoit forcé de ſervir à l'âge de vingt ans ; qu'on ne prenne les roturiers, dans la cavalerie, qu'à l'âge de vingt-cinq ; que les vivres ne ſoient confiés qu'à des gens de qualité ; qu'on leve cent hommes quand on en veut avoir cinquante, & cela apparemment pour qu'il en coute le double en engagemens & en habits. Quel projet pour un miniſtre ! en vérité l'idée d'enrôler la nobleſſe de force, & de faire payer la taille au parlement, peut-elle partir d'une autre tête que de celle d'un de ces faiſeurs de projets, qui dans leur oiſiveté ſe mettent à gouverner l'Europe ?

Dans le même chapitre IX. il traite de la marine ; il parle doctement des grands périls de la navigation d'Eſpagne en Italie, & d'Italie en Eſpagne, leſquels n'éxiſtent pas plus que ceux de Caribdè & de Silla : il prétend que *la ſeule Provence a beaucoup plus de ports grands & aſſurés que l'Eſpagne & l'Italie tout enſemble* ; hyperbole qui feroit ſoupçonner que le livre ſeroit d'un Provençal, qui ne connaîtroit que Toulon & Marſeille, plutôt que d'un homme d'état qui connaiſſoit l'Europe.

Voilà une partie des chimeres qu'un politique clandestin a mises sous le nom d'un grand ministre, avec cent fois moins de discrétion que l'abbé de S. Pierre n'en a montré quand il a voulu attribuer une partie de ses idées politiques au duc de Bourgogne.

Le projet de finances qui remplit presque tout le dernier chapitre, est tiré d'un manuscrit qui éxiste encore : je l'ai vû ; il est de 1640. il porte les revenus du roi jusqu'à cinquante-neuf millions de ce tems - là par l'arrangement qu'il propose. L'auteur du Testament en retranche deux, tout le reste est conforme. Rien n'est si commun que des projets de cette espéce ; les ministres en reçoivent souvent, & les lisent rarement. Le faussaire, en copiant ces idées, fait bien voir qu'il ne s'étoit pas donné la peine de connaître par lui-même les finances de Louis XIII. il avance hardiment que chacune des cinq années de la guerre n'avoit couté que soixante millions, cela n'est pas vrai ; j'ai en main l'état de l'année 1639. il se monte à soixante-dix-huit millions neuf cens mille livres. Il est encore faux qu'on ait payé ces charges sans moyens extraordinaires : il y eut beaucoup de taxations, beaucoup d'augmentations de gages dont la finance fut fournie : on augmenta les droits dans les provinces ; on mit une taxe d'un écu sur chaque tonneau de vin ; on porta la taille de trente - ſix millions deux cens mille livres juſqu'à trente-huit millions neuf cens mille livres. En un mot , la plupart des choſes rapportées dans ce livre , ſont auſſi altérées que les propoſitions qu'on y fait ſont étranges.

X X.

On demandera , ſans doute , comment on a pû faire à la mémoire du cardinal de Richelieu l'affront d'imaginer qu'un tel livre étoit digne de lui ? Je répondrai que les hommes réfléchiſſent peu ; qu'ils liſent avec négligence ; qu'ils jugent avec précipitation ; & qu'ils reçoivent les opinions comme on reçoit la monnoie , parce qu'elle eſt courante.

X X I.

Si on m'objecte que le pere Lelong , & d'autres , ont crû le livre en effet l'ouvrage du cardinal , j'avouerai que le pere Lelong a très-bien compilé environ trente mille titres de livres , & j'ajouterai que par cette raiſon-là même il n'a pas eû le tems de les examiner : mais ſur-tout je répondrai que quand on auroit autant d'autorités que le pere Lelong a copiés de titres , elles ne pourraient balancer une raiſon convaincante. Si pourtant la faibleſſe des hommes a beſoin d'autorités, j'oppoſerai au pere Lelong, & aux autres, Aubéry, qui a écrit la vie du cardinal de Richelieu, Ancillon, Richard, l'écrivain qui a pris le nom de Vigneul de Marville, & enfin la Monoye, l'un des critiques les plus éclairés du dernier ſiécle, tous ont crû le Teſtament politique ſuppoſé.

XXII.

Mais, dit-on, en 1664 l'abbé des Roches, ancien domeſtique du cardinal de Richelieu, donna ſa bibliotéque à la Sorbonne a l'exemple de ſon maître ; & dans cette bibliotéque on trouve un manuſcrit du Teſtament conforme à l'imprimé, avec la même épître dédicatoire & la même table des matieres. C'eſt ce manuſcrit même, remis à la Sorbonne, qui acheve de prouver l'impoſture. Il eſt remis 22 ans après la mort du cardinal ſans aucun enſeignement, ſans la moindre indication de la part de l'abbé des Roches. Ce domeſtique du cardinal & la Sorbonne elle-même négligerent cet ouvrage, & ce n'eſt que depuis deux ans qu'on lui a donné place ſur des tablettes. Si le manuſcrit avoit été copié ſur l'original on l'auroit plus reſpecté, on trouveroit quelques marques de ſon authenticité, on verroit à la fin de la lettre au roi la ſoubſcription du cardinal de Richelieu. Elle n'y eſt point. On n'a pas oſé pouſſer l'effronterie juſqu'à ſigner ce nom. Pour peu que le cardinal eût laiſſé ſeulement quelques mémoires qui euſſent eû quelque rapport (même éloigné) avec le teſtament, on les eût rapportés, on eût donné quelque crédit à la hardieſſe de celui qui imputoit tout l'ouvrage à ce miniſtre. Mais non. Il n'y a pas un mot à la fin ni à la tête du manuſcrit, dont on puiſſe tirer la plus légere induction. Donc l'abbé des Roches regardoit lui-même ce manuſcrit avec la même indifférence qu'on l'a regardé très-longtemps dans la Sorbonne.

Imaginons un moment que le teſtament ſoit l'ouvrage du cardinal; ce ſeul mot *teſtament* impoſe un devoir indiſpenſable à ſon domeſtique de légaliſer la copie. De la déclarer juridiquement collationnée avec l'original. S'il manque à ce devoir il eſt coupable; il donne à tout le monde le droit de s'inſcrire en faux contre lui : mais l'abbé des Roches poſſédoit ce manuſcrit au même titre que d'autres curieux. Il falloit bien que cet ouvrage fut écrit à la main avant d'être imprimé ; il falloit même pour le dessein de l'imposteur qu'il en courut plusieurs copies manuscrites & qu'on se les prêtat avec mistere comme un monument singulier. Le silence du domestique, encore une fois, prouve que le maître n'est point l'auteur du testament, & toutes les autres raisons prouvent qu'il n'a pu l'être.

XXIII.

Mais on dit qu'on disoit il y a soixante-&-dix ans, que madame la duchesse d'Aiguillon avoit dit il y a quatre-vingt ans, qu'elle avoit eu une copie manuscrite de cet ouvrage. On a trouvé une note marginale de M. Huet, & cette note dit qu'on avoit vû le manuscrit chez madame d'Aiguillon, niéce du cardinal. Ne voila-t-il pas de belles preuves ? Oui je crois sans peine que tous ceux qui s'intéressoient à la mémoire du cardinal, vouloient avoir un manuscrit, qui portoit son nom, & que l'auteur vouloit acréditer par ce nom même ; & de là je conclus que ce manuscrit étoit manifestement supposé, puisque de tous les parens, de tous les domestiques, de tous les amis de ce ministre, aucun n'a jamais pris la moindre précaution pour établir l'autenticité du livre.

XXIV.

Que la curioſité humaine ſe fatigue maintenant à chercher le nom du fauſſaire, je ne perdrai pas mon temps dans ce travail. Qu'importe le nom du fourbe pourvû que la fourberie ſoit découverte ? Qu'importe que Courtils ou un autre ait forgé le teſtament de Mazarin, de Colbert, & de Louvois ? Qu'importe que Stratman ou Chevremont ait pris inſolemment le nom de Charles V. duc de Lorraine ? mérite-t-on d'être connu pour avoir fait un mauvais livre ? Que gagneroit-on à connaître les auteurs de toutes les plattes calomnies, de toutes les critiques impertinentes dont le public eſt inondé ; il faut laiſſer dans l'oubli les auteurs qui ſe cachent ſous un grand nom, comme ceux qui attaquent tous les jours ce que nous avons de meilleur, qui louent ce que nous avons de plus mauvais, & qui font de la noble profeſſion des lettres un métier auſſi lâche & auſſi mépriſable qu'eux-mêmes.

AVERTISSEMENT.

ON a cru, à la ſuite de ces diſcuſſions, pouvoir placer une lettre écrite il y a pluſieurs années à M. le maréchal de Schullembourg. On verra par cette lettre quelles peines il faut prendre pour demêler la vérité, avec quelle conſtance il la faut chercher, ſe corriger quand on s'eſt trompé, ſe défendre quand on a raiſon, mépriſer les mauvaiſes critiques, & demander toujours de bons conſeils aux ſeuls hommes qui peuvent en donner.

LETTRE

LETTRE

A M. le maréchal de Schullembourg, général des Vénitiens.

A la Haye, ce 15 Septembre 1740.

MONSIEUR,

J'ai reçu par un courier de monſieur l'ambaſſadeur de France, le journal de vos campagnes de 1703. & 1704. dont V. E. a bien voulu m'honnorer. Je dirai de vous comme de Céſar : *Eodem animo ſcripſit quo bellavit.* Vous devez vous attendre, MONSIEUR, qu'un tel bienfait me rendra très-intéreſſé & attirera de nouvelles demandes. Je vous ſupplie de me communiquer tout ce qui pourra m'inſtruire ſur les autres événemens de la guerre de Charles XII. J'ai l'honneur de vous envoyer le journal des campagnes de ce roi digne de vous avoir combattu. Ce journal va juſqu'à la bataille de Pultava inclusivement, il est d'un officier Suedois nommé monsieur Alderfeld, l'auteur me paraît très-instruit & aussi éxact qu'on peut l'être ; ce n'est pas une histoire, il s'en faut beaucoup, mais ce sont d'excellens matériaux pour en composer une ; & je compte bien réformer la mienne en beaucoup de choses sur les mémoires de cet officier.

Je vous avoue d'ailleurs, monsieur, que j'ai vû avec plaisir dans ces mémoires beaucoup de particularités qui s'accordent avec les instructions sur lesquelles j'avois travaillé. Moi qui doute de tout, & sur-tout des anecdotes, je commençais à me condamner moi-même sur beaucoup de faits que j'avois avancés : par éxemple je n'osois plus croire que M. de Guiscard, ambassadeur de France, eût été dans le vaisseau de Charles XII. à l'expédition de Copenhague ; je commençais à me repentir d'avoir dit que le cardinal primat qui servit tant à la déposition du roi Auguste, s'opposa en secret à l'élection du roi Stanislas ; j'étois presque honteux d'avoir avancé que le duc de Malboroug s'adressa d'abord au baron de Göerts avant de voir le comte Piper, lorsqu'il alla conférer avec le roi Charles XII. Le sieur de la Motraye m'avoit repris ſur tous ces faits avec une confiance qui me perſuadoit qu'il avoit raiſon ; cependant ils ſont tous confirmés par les mémoires de M. Alderfeld.

J'y trouve auſſi que le roi de Suede mangea quelquefois, comme je l'avois dit, avec le roi Auguſte qu'il avoit détrôné, & qu'il lui donna la droite. J'y trouve que le roi Auguſte & le roi Staniſlas ſe rencontrérent à ſa cour & ſe ſaluerent ſans ſe parler ; la viſite extraordinaire que Charles rendit à Auguſte à Dreſde en quittant ſes états, n'y eſt pas omiſe. Le bon mot même du baron de Straleim y eſt cité mot pour mot comme je l'avois rapporté.

Voici enfin comme on parle dans la préface du livre de M. Alderfeld.

« Quant au ſieur de la Motraye qui s'eſt » ingéré de critiquer M. de Voltaire, la lec- » ture de ces mémoires ne ſervira qu'à le » confondre & à lui faire remarquer ſes » propres erreurs, qui ſont en bien plus grand » nombre que celles qu'il attribue à ſon » adverſaire.

Il eſt vrai, monſieur, que je vois évidemment par ce journal que j'ai été trompé ſur les détails de pluſieurs événemens militaires ; j'avois à la vérité accuſé juſte le nombre des troupes Suedoiſes & Moſcovites à la célébre bataille de Narva, mais dans beaucoup d'autres occasions j'ai été dans l'erreur. Le tems, comme vous sçavez, est le pere de la vérité; je ne sçai même si on peut jamais espérer de la savoir entierement. Vous verrez que dans certains points M. Alderfeld n'est point d'accord avec vous, MONSIEUR, au sujet de votre admirable passage de l'Oder, mais j'en croirai plus le général Allemand qui a dû tout savoir, que l'officier Suedois qui n'a pû savoir qu'une partie.

Je réformerai mon histoire sur les mémoires de votre excellence & sur ceux de cet officier; j'attends encore un extrait de l'histoire Suedoise de Charles XII. écrite par M. Norberg, chapelain de ce monarque.

J'ai peur à la vérité que le chapelain n'ait quelquefois vû les choses avec d'autres yeux que les ministres qui m'ont fourni mes matériaux, j'estimerai son zêle pour son maître; mais moi qui n'ai été chapelain ni du roi ni du czar; moi qui n'ai songé qu'à dire vrai, j'avouerai toujours que l'opiniatreté de Charles XII. à Bender, son obstination à rester dix mois au lit, & beaucoup de ses démarches après la malheureuse bataille de Pultava, me paraissent des avantures plus extraordinaires qu'héroïques.

Si on peut rendre l'histoire utile, c'est ce

me ſemble en faiſant remarquer le bien & le mal que les rois ont fait aux hommes. Je crois, par exemple, que ſi Charles XII. après avoir vaincu le Dannemarck, battu les Moſcovites, détrôné ſon ennemi Auguſte, affermi le nouveau roi de Pologne, avoit accordé la paix au czar qui la lui demandoit, s'il étoit retourné chez lui vainqueur & pacificateur du nord, s'il s'étoit appliqué à faire fleurir les arts & le commerce dans ſa patrie, il auroit été alors véritablement un grand homme; au lieu qu'il n'a été qu'un grand guerrier vaincu à la fin par un prince qu'il n'eſtimoit pas. Il eût été à ſouhaiter pour le bonheur des hommes, que Pierre le grand eût été quelquefois moins cruel, & Charles XII. moins opiniâtre.

Je préfere infiniment à l'un & à l'autre un prince qui regarde l'humanité comme la premiere des vertus, qui ne ſe prépare à la guerre que par néceſſité, qui aime la paix parce qu'il aime les hommes, qui encourage tous les arts, & qui veut être un mot, un ſage ſur le trône: voila mon héros, MONSIEUR, ne croyez pas que ce ſoit un être de raiſon. Ce héros exiſte réellement dans la perſonne d'un jeune roi dont la réputation viendra bien-tôt juſqu'à vous; vous verrez ſi elle me démentira; il mérite des généraux tels que vous. C'eſt de tels rois qu'il eſt agréable d'écrire l'hiſtoire, car alors on écrit celle du bonheur des hommes.

Mais ſi vous éxaminez le fond du journal de M. Alderfeld, qu'y trouverez-vous autre choſe ? ſinon, lundi 3 avril, il y a eu tant de milliers d'hommes égorgés dans un tel champ : le mardi, des villages entiers furent réduits en cendres, & les femmes furent conſumées par les flammes avec les enfans qu'elles tenoient dans leurs bras : le jeudi, on écraſa de mille bombes les maiſons d'une ville libre & innocente qui n'avoit pas payé comptant cent mille écus à un vainqueur étranger qui paſſoit auprès de ſes murailles : le vendredi, quinze ou ſeize cent priſonniers périrent de froid & de faim. Voilà à peu près le ſujet de quatre volumes.

N'avez-vous pas fait réflexion ſouvent, M. le Maréchal, que votre illuſtre métier eſt encore plus affreux que néceſſaire ? je vois que M. Alderfeld déguiſe quelquefois des cruautés qui en effet devroient être oubliées pour n'être jamais imitées. On m'a aſſuré, par exemple, qu'à la bataille de Fravenſtad le maréchal Renchild fit maſſacrer de ſang froid douze ou quinze cent Moſcovites qui demandoient la vie à genoux ſix heures après la bataille ; il prétend qu'il n'y en eut que ſix cent, encore ne furent-ils tués qu'immédiatement après l'action. Vous devez le ſavoir, MONSIEUR, vous aviez fait les diſpoſitions admirées des Suedois même à cette journée malheureuſe ; ayez donc la bonté de me dire la vérité que j'aime autant que votre gloire.

J'attends avec une extrême impatience le reſte des inſtructions dont vous voudrez bien m'honorer : permettez-moi de vous demander ce que vous penſez de la marche de Charles XII. en Ukraine, de ſa retraite en Turquie, de la mort de Patkul ; vous pouvez dicter à un ſécrétaire bien des choſes qui ſerviront à faire connaître des vérités dont le public vous aura obligation. C'eſt à vous, MONSIEUR, à lui donner des inſtructions en récompenſe de l'admiration qu'il a pour vous.

Je ſuis avec les ſentimens de la plus reſpectueuſe eſtime, & avec des vœux ſincéres pour la conſervation d'une vie que vous avez ſi ſouvent prodiguée,

MONSIEUR,

DE VOTRE EXCELLENCE,

Le très-humble & très-obéïſſant ſerviteur, V.

En finiſſant ma lettre j'apprends qu'on imprime à la Haye la traduction Françaiſe de l'hiſtoire de Charles XII. écrite en Suedois par M. Norberg, ce ſera pour moi une nouvelle palette dans laquelle je tremperai les pinceaux dont il me faudra repeindre mon tableau.

N. B. La palette n'a pû ſervir. On ſçait que l'hiſtoire de Charles XII. par Norberg, n'eſt juſqu'en 1709. qu'un amas indigeſte de faits mal rapportés, & depuis 1709. qu'une copie de l'hiſtoire compoſée par M. de V.... On trouve cette derniere hiſtoire, corrigée & fort augmentée à Dreſde.

APPROBATION.

J'Ai lû par ordre de Monseigneur le Chancelier la Tragédie d'*Oreste*, & celle de *Samson*; & j'ai cru que l'impression en pouvoit être permise. A Paris, ce 28 Mars 1750.

Signé, TRUBLET.

PRIVILEGE DU ROI.

LOUIS, PAR LA GRACE DE DIEU, ROI DE FRANCE ET DE NAVARRE, A nos amez & féaux Conseillers les Gens tenans nos Cours de Parlement, Maîtres des Requêtes ordinaires de notre Hôtel, Grand-Conseil, Prevôt de Paris, Baillis, Sénéchaux, leurs Lieutenans Civils & autres nos Justiciers qu'il appartiendra; SALUT: Notre amé PIERRE-GILLES LE MERCIER, Imprimeur-Libraire à Paris, ancien Adjoint de sa Communauté, Nous a fait exposer qu'il desireroit imprimer & donner au public des Ouvrages qui ont pour titre: *Oreste, Tragédie de M.* DE VOLTAIRE, *Samson, Tragédie lyrique du meme*, s'il Nous plaisoit lui accorder nos Lettres de Permission pour ce nécessaires. A CES CAUSES, voulant favorablement traiter l'Exposant, Nous lui avons permis & permettons par ces présentes, d'imprimer lesdits Ouvrages en un ou plusieurs volumes, & autant de fois que bon lui semblera, & de les vendre, faire vendre & débiter par tout notre Royaume, pendant le tems de trois années consécutives, à compter du jour de la date des Présentes. Faisons défenses à tous Libraires, Imprimeurs, & autres personnes, de quelque qualité & condition qu'elles soient, d'en introduire d'impression étrangère dans aucun lieu de notre obéissance, à la charge que ces Présentes seront enregistrées tout au long sur le Registre de la Communauté des Libraires & Imprimeurs de Paris, dans trois mois de la date d'icelles; que l'impression desdits Ouvrages sera faite dans notre Royaume, & non ailleurs, en bon papier & beaux caractères, conformément à la feuille imprimée & attachée pour modéle sous le Contre-scel des Présentes; que l'Impétrant se conformera en tout aux Réglemens de la Librairie, & notamment à celui du 10 Avril 1725, qu'avant de l'exposer en vente, les Manuscrits qui auront servi de Copie à l'impression desdits Ouvrages, seront remis dans le même état où l'approbation y aura été donnée, ès mains de notre très-cher & féal Chevalier le Sieur DAGUESSEAU, Chancelier de France, Commandeur de nos Ordres, & qu'il en sera ensuite remis deux Exemplaires de chacun dans notre Bibliothéque publique, un dans celle de notre Château du Louvre, & un dans celle de notredit très-cher & féal Chevalier le Sieur DAGUESSEAU, Chancelier de France, Commandeur de nos Ordres: le tout à peine de nullité des Présentes. Du contenu desquelles vous mandons & enjoignons de faire jouir ledit Exposant & ses ayans causes, pleinement & paisiblement, sans souffrir qu'il leur soit fait aucun trouble ou empêchement. Voulons qu'à la Copie des Présentes, qui sera imprimée tout au long au commencement ou à la fin desdits Ouvrages, foi soit ajoûtée comme à l'Original: Commandons au premier notre Huissier ou Sergent sur ce requis, de faire pour l'éxécution d'icelles tous actes requis & nécessaires, sans demander autre permission, & nonobstant clameur de Haro, Charte Normande, & Lettres à ce contraires: CAR tel est notre plaisir. DONNÉ à Paris, le dix-neuviéme jour du mois de Mars, l'an de grace mil sept cent cinquante, & de notre Regne le trente-cinquiéme. Par le Roi en son Conseil.

Signé, SAINSON.

Registré sur le Registre XII. de la Chambre Royale des Libraires & Imprimeurs de Paris, N°. 392. fol. 272. conformément aux anciens Réglemens confirmés par celui du 28 Février 1723. A Paris le vingt-quatre Mars mil sept cent cinquante.

Signé, TH. LEGRAS, Syndic.

www.ingramcontent.com/pod-product-compliance
Ingram Content Group UK Ltd.
Pitfield, Milton Keynes, MK11 3LW, UK
UKHW020925180726
13838UKWH00002B/758

9 782329 458946